待つ間

井上とし

［解説］

輪廻《りんね》する小説を読む

井上 史

ドメス出版

井上とし24歳のころ　喫茶室「再會」にて

井上とし　77歳のころ

待つ間

目次

表紙カバー原画　酒見　綾子
装　丁　市川美野里

待つ間

一九五九年版

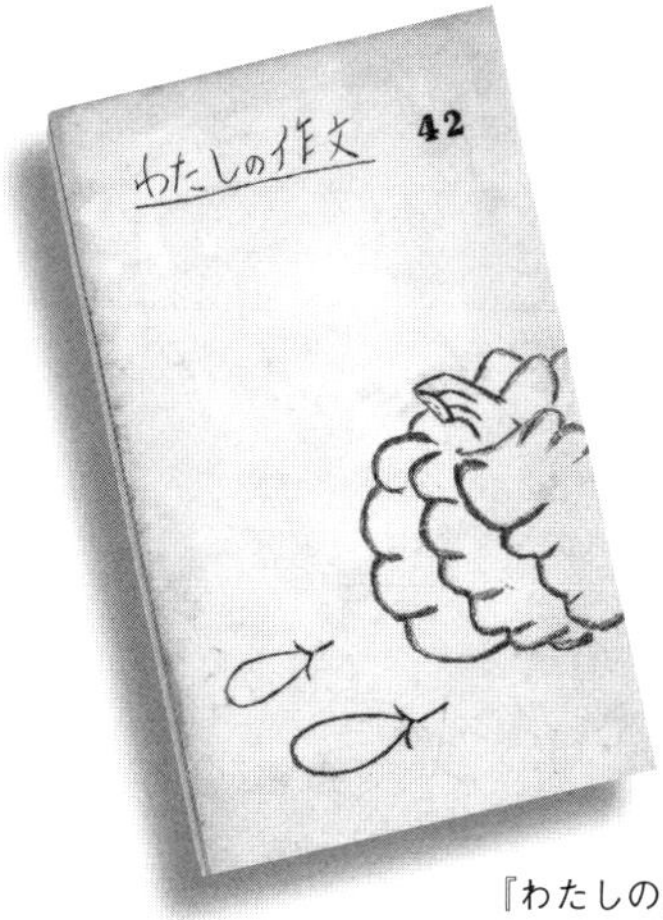

『わたしの作文』42号表紙
絵/平山千鶴

（一）

東一条《ひがしいちじょう》で電車から降りた。腕を少し振り上げるようにして、時計が十時二十分前を示しているのを認めると、日仏《にちふつ》会館に向かって急いだ。

夜間授業も終了した日仏会館の、窓からもれる明かりも少ない。夜の中で、更に静まり返った庭の奥だけが、薄明るく照らされている。

表のガラス戸は重く、音もなく開くとバイオリンの音が流れていた。それは、どの曲か分からなかったが、あの人が弾《ひ》いているにまちがいないと思った。

そっと街路にもどって、あと二十分の待つ間《ま》を《あいだ》どう費やそうかと思案しながら、当てもなく百万遍《ひゃくまんべん》の方向へ歩き出したのである。

街路は暗かった。時折東山線の市電が、あたりをへいげいする轟音《ごうおん》とともに明かりを走らせるほかは、通行の人もまれで、街路の両側を占める京都大学は、昼間の頭脳を休ませていた。

比叡《ひえい》は、東北の夜空に大きい影を作り、その頂きから吹きおろす風には、ほおを刺しとおす冷たさはもう無かった。それでも無造作に分けた髪を振り散らすので、髪形が乱れはしないかと手を上げたりしながら歩いていた。

今あの人の顔はバイオリンの盤の上にあり、日仏会館はカルテットのその旋律に満たされており、私はそのすぐ外で愛人を待ち受けている。数分後の出会い、あの人の驚きの凝視には、いたずらっ子の微笑を返すであろう。

この夜ふけに、急な買い物を思いついたといって、家人をいつわって飛び出して来たが、それからこれからへの一連のたくらみは、私に軽い興奮を呼び起こし、更には、このような行動に出た情熱へ注油の役割を果たしていた。

百万遍に近づいた街路は、夜をいろどる明るさを取りもどしていた。喫茶店あり、本屋あり、交差点の信号はいつまでも赤がついている。

しかし、今の私には、暗い街路のほうが好ましい。この、ひそかな計画には、明るい照明は無用だからである。

急に方向を変えると、また日仏会館のほうへ静かに歩みはじめていた。

（二）

昭和二八年をもって旧制の学制は終わりを告げた。私はK女専を最後の年度に卒業すると、すでに設立されていたK女子大への編入学を希望したものの、女だてらに文学がどうの古典がどうの、はては資本論まで飛び出すのに辟易《へきえき》した家人の、がん強な反対に合ってしまった。若者の希望を挫折させようとする力はすべて封建的であり、それに対して果敢に抵抗するのが新しい世代のありかただと単純に考えるこのころの学生の一人であった私は、それじゃ自力で学校へ行ってみせますと、アルバイトを探し出した。さいわい、市役所の観光課で臨時職員の採用があったので、学校のほうは編入学の手続きをしたまま、河原町御池《かわらまちおいけ》の市庁へ通うことになった。

初出勤の日、学校よりはお見合をとすすめる家人とまたもや衝突して、かけつけたときにはかなり遅刻していた。心の乱れのほかに、最初からの勤怠は苦しいほどであった。羞恥《しゅうち》に身を引きしまらせてそこへたどりつき、詫びの言葉も言葉にならずに、定められた席についた。やっと紅潮した頬を上げた時、斜め向いの席からの凝視に会ったのである。かなりの年配者のそれはシッ責の意味にしか取れず、表情の返しようもなかった。それ以後、その人の凝視に対する恐れは長く沈んでいた。

観光課での仕事は、臨時の名にふさわしく、封筒の表書き、発送物の処理など責任のない労働に終始し、私はこのはじめての体験にしだいに失望していった。

御池通りに面した市庁舎の四階東角にある部屋の前方には朝日会館が突き立っていて、ブルーの壁面に描かれた踊り子たちが、春霞の中でゆるやかに踊っていた。前庭を見下ろすと、花壇は甘い春の色だ。単調な仕事に疲れての昼休み、窓辺で、春は外の自然の中にだけある思いにかられ「春にそむいて……」という言葉をなんとはなしにくちびるにためていたとき、

「僕、若いときにあんたの学校の人と恋をしたことがあるね」

恐れていた人が横を向いたまま言った。

「ずいぶん時代がかったお話ですね」

「うん、三高《さんこう》へ行っているときや、一緒に琵琶湖《びわこ》へ行ったり嵐山《あらしやま》へ行ったりしたんやけど、僕の友だちのロマンスを聞いてみたら同じ人やった、浮気な人やったな」

「おやおや」

この人はいつも京都弁で話すけれども、故意になのであろうか。昼下がりの光を浴びた横顔は案外に若く、薄く閉じられたくちびるにそそるような情感のあることを発見した。その口からつぎつぎに飛び出す京都弁、男が使うと妙に甘ったるく、しまり無く感ぜられる音調との不調和ばかりが気がかりであった。

そんなことがあってから、西山良平《にしやまりょうへい》に近づいたのだ。彼の青春を彩った幾人かの女子学生、その姿の一個が、今、現実に私という姿で再現されている。きけば三八歳という年齢で、すでに若さを失ったというほどではないが、彼の心の中には、昔見た花を、今は余裕をもって眺められる楽しさがあったに違いない。いわば、青春への惜情が私への凝視となって表れたのだと解した。

そのころの私は、幾度かの恋を経験していた。多くは学生であった恋人たちの、一度上昇すれば極限を知らぬ若い情熱に、疲労と嫌悪すら抱く時期にあった。そしてまた一方では、一度愛されることの驕慢《きょうまん》な快楽を知った者として、孤独に耐え得る力をも失っていたのだ。今、人生の成熟期にかかっている西山良平は、若者には見出せない調和と落ち着きをもって、私の前に立ちはだかったのである。

その後、家人もようよう懐柔されて、アルバイトは二カ月余りで辞めることができた。

発足したばかりの新制大学は、雰囲気も定まらなくて、不備な点が多かったが、それでも私は、希望通り学生生活をあと二年延長することが許されたわけだ。西山良平との交渉が、この間も持続されていったのはいうまでもない。

(三)

春は大気の中にすでにしのび込んでいたけれど、刈り取られたままのプラタナスは、抽象画のような姿をむき出したままで街路に並んでいる。その幹の先を見るともなく見上げたとき、夜の空には星くずが低く散乱していた。

あの人は、趣味に音楽を愛している。バイオリンをよくし、気負ってはいないが、かなり厳しい訓練を課している様子であった。人通りのない街路で時計を見ると、十時にいくばくもなかった。白亜の日仏会館は以前のままだ。あの音もなく開くガラス戸を、あの人が押し開けて出てくる時が迫っていた。それを想像すると、もう私の目は玄関から放すことができなかった。多分あの人は、停留所まで仲間たちと語りながらやってくるだろう。そのとき私は、なにげなく電車を待つ風体《ふうてい》をして、あの人の眼を捉えるのだ。だが、驚きの凝視はさっと交わす。そして心の内で、恋しい人を今こそ捉え得た歓喜を、倒れそうになってかみしめよう。

私は、東一条の停留所に立っていた。一分一秒のきざみが、緊張で充満した私の体を震わすようであった。

（四）

その日は、岡崎の美術館へ新制作展を見に行った。誰の作であったか、なんという題であったか、ピンクや赤や青で塗り上げて、全体がグレーに統一された形象のない絵を指して、あの人は、こんな絵が好きだろうといった。どうしてと反問すると、ロマンチックだからと顔は向けずに笑った。

それから、お茶を飲み、少し散歩してあいびきの日課は終わった。私は、街路でも市電の中でも、人目のつく場所ではあまり話さないことにしていた。中年男と若い女の饒舌《じょうぜつ》は、見る人にどう映るであろうか。あいびきの長い間隙《かんげき》を埋めるように夢中で話し合っている姿から、人は不倫をかぎつけはすまいか。たとえ一目瞭然《りょうぜん》のそれであるにせよ、私自身は、その心さながらに秘かなものとしておきたかった。

その日、市電からもうすぐ降りるようになって言った。

「あしたは休みなんよ」

「僕は大阪へ出張や」

私は「えー」という問いを飲みこんだ。

「大阪の市役所、それからBK《ビーケイ》」

「いつごろすむのかしら」

「さあ、四時ごろかなあ」

「私行くわ」

あの人はいつものように凝視した。その目が投げかけている多くのものを、私は身を固くして受けていた。

「四時にBK前ね」

と、投げ棄てるようにいって別れた。

私は、卒業と同時に職を求めて、石山《いしやま》のある中学の講師をしていた。かなり時間数が多くて、ほとんど毎日通勤していたが、あすは担当の学級が見学に出かけることになったので、急に休講になったのだ。

帰宅後、遅い夕食をすませ、もう一度火をつけて、しまい湯に入った。あす、喧噪《けんそう》の街、大阪の夕暮れ時に、西山良平と会おうというのだ。いつもながらのあいびきにすぎぬかもしれないが、見知らぬ土地から受ける解放感が何の変化も与えぬであろうか。思えば長い時間の無事が、情熱の蓄積をはからなかったといえるであろうか。無意識のうちに体を丹念に洗っているのにふと気付いて、すっと立ち上がると鏡に全身を写してみた。アワで輪郭のかくされた体に、立ったまま湯を浴びると、二四歳の肉体は、一点の曇りもなかった。あすも私はこのままであろうか、もしも、そうだもしも変わっていたとすれば、どう変化するというのだろう。処女は貴重視されるが、すでに女として成熟した日々、それを意識することは重荷でもある。ただ一度で失われる運命にあるものを、それゆえにいとしむ態度は男性の側から出たもので、それはやがて女に大切な「もの」という観念を植えつける。私の大事なもの、わたしの守ってきたものと。

私は、処女に対する「もの」という価値評価のつけかたを奇妙に思いながら、そういう社会通念にはなじんで育ってきていた。だからこれまでにも、女であることを意識する機会があっても、その社会通念のゆえに処女という名を失わなかったけれども、結婚の夜のきょう宴に、当然の供物《くもつ》として供されることにはいささかの反発もあった。これは、道徳の義務づけだけではなしに、悔いない情熱と意思によって未知なる世界にすすみたいという自負心によるものだろうが、いずれにせよ、道徳を突き破らせるほどの燃焼を、まだ体験しなかったともいえそうだ。

それでは西山良平はどうなのか。湯舟に浸かってそう自問してみたが、答えは出なかった。

あの人に対する恋心は、これまでのとはかなり異質なものであった。もう情熱の階段は登りつめていて、客観視する余裕もなくその姿はいつも胸に迫り、さりとて盲進することもなくて、愛の言葉も交わさぬ淡さを持続していた。あの人も、中年のそれらしく節度を保っているが、無感動に静止している様子でもない。

あの人のさしのべる手を振り払う力などありそうにない私、しかし、その愛の手に喜悦で、熱い身を投げかけるには、一点の抵抗があった。それは、十年におよぶ結婚生活を送った、あの人の肉体への不潔感である。この潔癖が、これまでの私を隙《すき》無くしていたのではなかったか。

（五）

翌日は普段より快活であった。といって、家人に疑念を抱かせるほどでもなかった。明るい様相を見せているポーズが断絶する瞬間には、数時間後のあいびきへの期待と不安がわき上がった。

大阪へは、二時過ぎに出かければと予定して、その時間が近づいたころ、来客があった。親戚の者であったから、しばらく雑談の相手をしているとはや三時、あわてて家を出た。四条の京阪電車乗場までタクシーを飛ばしてほどなく大阪行の急行に乗れた。このぶんなら、大阪に着いてからもまたタクシーに乗れば、どうにか時間に合うであろうと、無理に心を落ち着けるため、週刊誌を開いた。

きのうからの思案、それはついに答えは得られぬままの低迷ぶりであったけれど、いずれにしても、数十分後には解答が出せるのだ。あの人と愛の通うひとときが持てたならば、それでいいのだと思ったりした。

三月に入るとかえって寒波の押し寄せることがある。それでも、あちこちに桜の早咲きのニュースなどが賑おうて、冬という天幕は消えかけていた。早春からの春着はおしゃれの常識とか、私はグレーのツイードで作ったスプリングコートを着ていた。マフラは濃紅の小花模様、ハンドバッグに靴はいずれも薄茶、それに毛糸レースの白い手袋をはめていた。私の装いも、あの人の年齢を考えてか、近ごろは地味に変化してきたようだ。

目は活字を追いながらも、落ち着かぬ心を窓外に向けたりして中書島《ちゅうしょじま》を過ぎたと思うころ、電車の徐行に気付いた。と、間もなく停車してしまった。路線は高架になっていて、下手には雑然とした家並が続き前方には宇治川の堤が望める。すぐに動き出すものと思っていたが、車掌が急ぎ足で車内を往復したりしているうちに、時間は容赦なく経過して行った。まばらにしかいない乗客たちは、急用を持たぬ人が多いためか、原因不明の故障にも騒がず、無縁に座っている。私は幾度となく大阪へは行ったが、電車の事故に遭遇したことはなかった。時計を見ると四時にいくらもない。週刊誌を横に置くと、静かに、目を閉じた。

このあまりにもドラマチックなできごとのまっただなかで、私はどんな態度をとり、何を思えばよいのであろう。車掌に尋ねたところで、一人降りて別の算段をこうじたところで、今容赦なく過ぎて行く時間に抵抗することはできない。私は何も考えたくなかった。

一分が、一時間にも感じられるこの時間に耐えることで精一杯だった。もし可能なら、眠りに陥ることすらを願った。

やがて電車は、何事もなかったように動き出した。まぶたは閉じたままで暗闇にひたっていると、私の内部では、はけ口のない憤まんのようなものが次第に充満していった。天満《てんま》についた時は、四時三五分であった。急いでタクシーをＢＫ前に走らせる。こんなとき若い恋人ならば、外聞もかまわずに何時間でも待ちわびるものだけれど、あの人にそれを望むことはできない。ＢＫ前に人は無く、正面にはめ込まれた時計だけが、無情に時を告げていた。それでもと淡い期待に動かされて、ＢＫの受付で尋ねると「一時間ほど前に帰られましたよ」という返事であった。私は、なんということもなしにその建物を背に歩き出していた。

この広い大阪に、あの人はまだいるのであろうか。もし偶然が私に味方するならば、そのためにどれほどの代償を求められようと、さらに劇的な出会いをと願った。不可抗力になお抵抗が試みられるならばと思った。私にもたらされたわずかな時間のはく奪が、現実のものであったのかと、改めて思い返すほどに無念の情は逆流し、それはかえって平淡な一色に混合されてしまって、かつてない思慕と化していった。

再び天満の駅に引き返しても、私の切符を買い求めたりする動作の確かさに反して、目は奇跡《きせき》を求めて周囲を飛びかかっていた。あきらめ切れぬ心で、こんなときに電話さえかけられないのだと思い到ったのは一層残酷である。最早あの人は、家庭の人となって、妻のもとでくつろいでいるのではないだろうか。座り慣れた茶の間、言葉を交わすまでもなく差し出される湯飲、そして幼児との会話。熱情には重いおおいがかけられ、耐え難い重量を加えてきた。情人としてではなく、夫であり父であるあの人に、憎悪に近いねたましさを覚えた。私には結婚生活がわからない。夫婦が家にあっては、四六時中何をしているのか。夫が妻を見るときの慣れ切った目、それを見返す恥じらいもない妻の目もわからなかった。あの人の妻なる人を一、二度見かけたが、やや厚ぽったいくちびると、女学生の姿を残したような装わぬ清潔さが印象に残っていた。その人が、あの人の心のどれだけを占めているのかと思った折もあったが、それは自分でこしらえた泥人形の大小をしんしゃくしているようなもので、悪しき心の乱れだと考えてきた。が、今の私にはそのような余裕は無かった。西山良平がほしい。そんな生な言葉でしか表現できない気持である。

夫は妻の所有物なのであろうか。映画や芝居で、妻と夫の愛人が言い争う場面では、「あの人は私のものなのです」というセリフがよく使われる。たまたま結婚したということで、一人のすべての所有を意味するのであろうか。結婚が完全な所有を意味するものならば、あの人も私に心を向ける余裕などなかったはずだ。従属物ではない一個の人間なら、妻なる人に西山良平を愛することが許されているように、私にもそれが許されていいのだ。

京都に近づくにしたがって、情熱と見えざるものへの抵抗に、私はすっかり疲れ果てていた。

（六）

十時を告げるサイレンが、低くうなるように響き渡った。京都市では、十時に時報のサイレンが鳴ることになっている。これを合図に夜の背景は置き換えられ、人々は、忘れていた時をしばらく取り戻す。私は待ちに待ったサイレンの音を聞いて、ふと緊張から解放されたようだった。期待する気持は過ぎて、当然起こる事態に臨《のぞ》む気楽さに変わった。私は先ほどから停留所で、乗降する人たちを漫然とながめ続けていた。それぞれに目的を持ち、違った感情を抱いて立ち去る人たち、私の目的も、もうすぐ達せられるのだ。

日仏会館はと見ると、「フランス語講座受付中」と書いた三色の旗が三階から垂れて、夜ふけの風にゆらめいていた。

また、市電が音高くやってきた。停留所で人待ち顔なのも間の悪いものだが、今は夜の暗さが救ってくれると思いながら、顔を反対の方向へ回したとき、少し離れて、オーバーを着た姿を私のほうへ向けて立っている男の人があった。なぜか私は、はっとした。隠しごとが発覚したときに感じる、身内の急に白熱化したような、あのショックである。わけなく感じた驚きは、私の心の底のひそかな思いや、今おこないつつある行為を、容赦なく透射される羞恥《しゅうち》をも含んでいた。私は、自分を防衛するように身構えて、じっとその人を見た。逆光線の中でただ黒く、顔も見分けかねたが、かなり年老いた人であることと、私の知人ではないらしいことを認めることができた。それでもしばらくは目を離さずに、まだ用心深く探って、次にはさも電車の来るのが遅いというように百万遍のほうへ首を伸してみた。やがてその人は、京都駅行の市電に乗って、私の視界から消え去っていった。

いったい私はなにのために驚いたのか、知るはずもない人の偶然の姿にすくわれて、身構えねばならなかったことへの疑念が、緊張のゆるみかけていた私をあらたな緊張の世界へ運んでしまった。私ははっとしたときに、あの人への思慕や現在の行動に羞恥を感じてしまっていた。次には虚勢を張って、そうではないのだというように、いかにも電車を待つ風体《ふうてい》を装い、自分を偽ってみせた。瞬間の、無意識に取られた態度に表われたうしろめたさ、それが我慢ならなくて、これはなにだろうと思った。

私が西山良平に興味をもったのは、魅惑的なくちびるや、落ち着いた中年の知性からだけではない。

「家庭というものは、人間にとって重荷でしかないのヤ。それを維持していくために自分を曲げんならんこともあるし、人と競争したりせんならん」

「職業につくのは生命力の表現であるって、わたし習ったことがあるわ」

「なにも、職業につくということだけが、生命力の表現と違うヤないか。職業は生きていくぎりぎりの必要を満たすだけのものでええ。妻子があるとやかましいことといわれて、いらんがんばりもしてみんならん、自分のしたいこともできんようになる」

「孤独に耐えて、自由を得るということなの」

「そうや、孤独に耐えるということは辛いことに違いない。それでも束縛よりはええヤないか。」

「それじゃ、どうして結婚なんかされたの」

「あの終戦間ぎわの不自由な生活は、男一人ではなかなか面倒やったさかいな」

「妥協した、というわけ」

「そういうことになるな」

こんなことを話し合ったことがあった。男性は、どういうふうに家庭を持つことを欲するのかわからない。私はただいちがいに、ある態度をもって希求するものだと決めてしまっていた。だから西山良平の考え方には興味を持った。生存競争の群に加わらず、自分の才分を生かして孤高を持《じ》するという、いってみれば高踏的な貴族趣味に過ぎないものに、欲情に染まぬ人の清れつさを見出した思いだった。事実あの人の行動は、家庭を持った人としてはかなり自由なものであった。それに、あの人の家庭や妻なる人についての話題が、二人の間ではあまり提出されなかったせいもあるが、中年の男性にありがちの、家庭を背負っているというふうな重さもわびしさも感じられず、翼を震わせて忍び寄るようなあの愛の訪れを、いつでも受けとめられる新鮮な感性と、それに陶然となりうる好色さをも持っていた。それらが捉えどころもなく一体となって、私はあの人に魅せられたのだといえそうだ。

ところが、私はつい先ごろの大阪でと約して失敗に終わったあいびきの日から、西山良平には家庭があるということに、抵抗とねたましさを感じはじめていた。禁じられたものは興味が倍加するように、今まで触れまいとしていた箇所は、隠され、おおわれていただけに、明るみに出ると鋭い香気を放つ。結婚者が新しい愛を求めることを、これまでの道徳では罪と呼んでいる。あの人が愛についても自由な考えかたを持っていることに気を許し、私も結婚が人を所有づけるものではないと考えて、触れまいとしてきたこの罪と呼ばれるものは、潜在していて、決して姿を消したりはしていなかったのだ。いつかこのことをあの人に告げて、「罪というような言いかたで規定することは古くさいことやないか。」と笑われたことがあった。罪という表現が古風なら、あの人と私の間にある障害という言葉で言い換えてもよいが、いずれにせよ、これこそ、私に羞恥の感情を呼び起こし、自己防衛的にしたものに違いない。無意識にも忘却しきれない障害の根強さが、私を我慢ならない気持に追いこんだのだ。

私は、停留所のほの明るい電柱燈の下で、人を所有するということについて考えていた。

ではあの人が、妻なんかもう愛してはいない。君だけを愛しているのだと告白したらどうだろう。もちろん私は、選ばれたものの恍惚《こうこつ》を存分に感じ、愛のあかしと信じて盲進しないともかぎらない。が、軽率にそんな言葉が飛び出さないあの人にも、ひかれているのだ。家庭というものに否定的な意見をもちながら、妥協して作ってしまったものに、ある誠実さをもっていることがうかがわれていた。若い恋人ができたといって家庭を捨てて顧みない無頼の態度も奔放さも無くて、節度を保ってくずれない人柄に、あるときは脆弱《ぜいじゃく》さを感じつつもさらに大きい信頼を寄せていた私だと気付いた。

それにもかかわらず、私一人の所有が許されぬことを恥じたり、葛藤《かっとう》したりしているのではないか。それでは、自縛《じばく》だ。

あの人が私をより愛していたとして、では、私が西山良平の心を所有していると言ってみても、それは観念的なものに過ぎないように思える。私が、名実ともに西山良平を私のものだということは、妻なる人から奪うという形でしか可能にならない。奪う、人を奪う、なんと野蛮な言葉だろう。奪ったものは、またいつかあらたなものに奪いかえされるかもしれない。愛とは、そういう不安を内在したものなのだ。

私が古いなと軽蔑《けいべつ》したり、意外に強く植えこまれていることに気付いたりする道徳というものが、またしても薄黒い姿を表わしてきたようだ。戦火におびえ、飢餓に迫られた不安の中でかりそめに結ばれたとしても、十年におよんだ絶えざる結びつきは、ただ道徳にささえられただけのものでもなさそうだ。道徳というものが、漫然と持続されてきた生活の中から見出された法則なら、それ相当の力と価値を持っているはずではないかと、私には考えられてきたのだ。世間には、道徳なんか無視して、自分だけの充足のために生きていく人たちもあることはある。敢然と戦って妻子から奪い取る人も、日陰の生活を日陰とも思わずに一生を賭《か》ける人もある。男性から経済的な支援を受けず、生活と愛の自由を得ようという人もあるようだ。そういう人たちが私にはよほど力強い生存力の持ち主か、心の盲人に思えるのだ。人の一生は長く、流転《るてん》しやすい。進んでいるだけではなしに、停止したりつまずいたりすることもある。心を影が横切ることもあるものだ。そんなときにも、若い日の情熱に対して変らぬ忠実さを維持していられるものだろうか。感傷の色をまじえずに、愛に生きた日々をいとしむことができるだろうか。私には「諾《だく》」と答えるだけの自信はなさそうだった。それもしょせんは孤独な人生に思われて、それに耐えうる自信が認めがたかった。

長い愛の歴史に立ち向っていって、破壊することを望む気持にもなれず、さりとて、求めるものを確かにつかみ得ない矛盾の中で模索するうちに、人を所有しようとすることへの空《むな》しさが、私の胸を侵しはじめていた。

私は、大阪での失敗のあいびきのあと、あの人に会っていなかった。あの無念さが尾を引いていて今夜の行動にでたのだが、はじめに抱いていたいたずらっ子のようなふざけた興味も、無性にあの人に会いたいという情熱も、今は、私自身の手で空疎な悲哀に変化してしまった。

（七）

また時計を見た。十時二十分を指していた。

私はすっかり空疎な気持になっていて、待ち続ける力を失っていた。帰宅を決意して日仏会館を見やったとき、その入口から出たばかりの四つの人影が、停留所へ向かって街路を横断しようとしていた。私はためらった。空しさをかみしめていた胸にはおのずと生気がよみがえり、やっと現れたあの人を間近に見たい願いと、帰ろうとする意志とが交錯した。くぎづけになったように静止していると、四人は停留所に到着し、前後してやってきた電車に乗ろうとした。なにげなくあの人の白い顔が振り返った、と、先刻らいの惑《まど》いに似た思いは一度に奔流となって流れ出し、たまらなくなって、そのまま歩き出してしまっていた。

私は、京大吉田分校横の街路を、かけ出したいような気持で歩み続けた。後から追ってきた足音が近くなり、やがて並ぶようになっても乱れた心は説明のしようもなく、やっと捉え得た人に話しかける余裕もないままに口を閉ざしていた。西山良平もなにも言わなかった。急に歩き出した私に、ただならぬ気配があったのだろうか。こんなときにも、どうしたのかと相手かまわずに話しかけたりしないで、私の心を敏感に感じとり、やすらぎを待っていてくれる。この人のこんなところが好ましいのだと未練気《みれんげ》に思われた。

「驚いた」

「うん」

「この間、大阪へ遅れていってごめんなさいね」

「ああ、やっぱり来たんか、君は来やへんのかと思うた」

私は突然立ち戻って、

「こんなことしてるの、辛くなったの」

西山良平は、毅然とした顔つきになって私を見つめると、しばらくして言った。

「君は、若い男と結婚せんとあかんな」

「重荷になったの」

「いや、君を不幸にしてるのやないかと考え出したんや」

「わたしも、そう思うわ」

はっきりと答えてしまった私は、にじみ出る涙を満身で制御していた。

思わず、西山良平が近づいたとき、

「わたし、もう帰るわ。失礼します」

と、しいて静かに言ってタクシーに飛び乗った。私は運転手の目もかまわずにハンカチを目にあてて、これでいいのだ、これでいいのだ、と繰り返し、これも心の花ではないかとわが心を慰め続けた。

終

初出 『わたしの作文』42、43、45号 婦人ペンシル会発行 一九五九年八月、九月、十二月号

待つ間断章

二〇一六年版

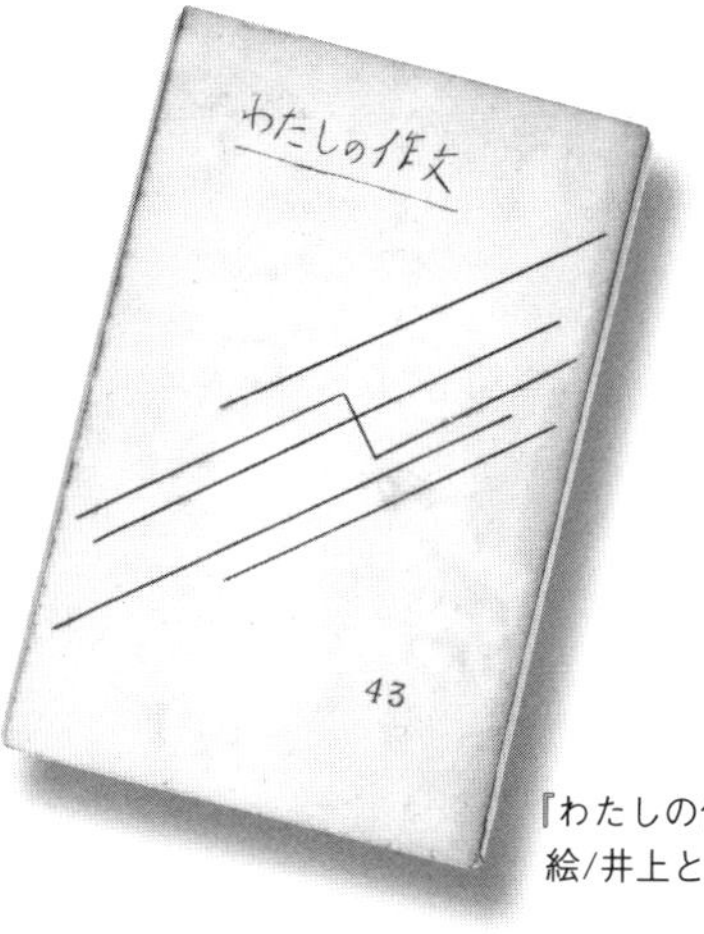

『わたしの作文』43号表紙
絵/井上とし

（一）

東一条で市電から降りたのは私ひとりだった。

春はすでに大気の中に忍び寄っていたが、刈り取られたプラタナスが抽象画のような姿を街路に連ねている。その枝先から見るともなく見上げた低い夜空には、星くずが散乱していた。

腕を少し振り上げて時計が十時二十分前を示しているのを認め、日仏会館に向かって進む。夜間授業を終えた白亜の会館は静まりかえり、夜風が「春期生募集」の垂れ幕をはためかせている。奥のホールの窓だけが明るい。入り口の重いガラス戸は音もなく開き、カルテットの調べが流れてきた。あの人の好むモーツァルトのようだ。

そっと暗い街路に戻った。あと二十分の待つ間をどう過ごそうかと、あてなく百万遍《ひゃくまんべん》のほうへ歩き出した。時折、東山線の市電が辺りを睥睨《へいげい》する轟音《ごうおん》とともに光を走らせるほかは通行人も稀《まれ》である。街路の両側を占める京都大学も、静かに昼間の頭脳を休ませている。行く手には比叡山《ひえいざん》が夜空に大きい暗影を浮かび上がらせ、吹き降ろす風は刺し通す冷気を弱めてはいたが、それでも私の無造作に分けた髪を散らす。それが却《かえ》ってこの行動にほどよい緊張感を与えてくれる。

あの人、西山良平が仲間との発表会を控え、この時間に練習していると思うと、夜更けも忘れて家人には「急用」と偽って飛び出すようにここへきていた。今、バイオリンの弦だけを見つめて旋律の中に浸り、私の片鱗《へんりん》も思い浮かべていないとしても、会いたい。

一週間ほど前のことだが、大阪での待ち合わせが不首尾に終わった。そのまま鬱屈《うっくつ》した情熱を持ちあぐねてこの行動に走らせたのだが、もうあとしばらくで会える。あの人は予期せぬ私の姿にどう対応するだろう。私は、いたずらっ子のように微笑んでしまうだろう。こんな想像を巡らしていると、一途《いちず》な激情はひそかなたくらみに変形していっそう期待が膨らむのだ。

百万遍に近づくと、夜の光彩が戻ってきた。喫茶店や本屋や、交差点の信号までが赤い。しかし今夜の私には、暗い街路のほうが好ましい。たくらみには照明は無用なのだから。

急に方向を変えると、また日仏会館へゆっくりと引き返した。

（二）

昭和二六年、旧制度の学制は終わりを告げた。

私はK女専の最終年度を迎えた。高学歴の女性にはことさらに厳しい就職難の時期であった。やっと中学の常勤講師の口を見付けたものの、片方ではすでに併設されていた新制女子大へ編入学を望む気持も抑えがたくなっていた。女専三年の学業に充足感がなかったのは確かだが、とくに向学心に燃えていたわけでもない。親に寄生しながら文学に親しみ、いつも好きな書物を読める学生という特権的な生活に執着が生まれたというべきであろうか。ごくありふれた町家の家計でも、許されるならば、あと少しこの生活を享受したい欲求がしだいに膨《ふく》らんでいった。無意識のうちに、激流のただなかにある戦後社会から自分を逃避させるもっともよい方策だと、体得していたのかもしれなかった。またそのころ、突風のように襲った受身の恋も終局にさしかかっていた。就職と進学に揺れ、帰郷した相手の元へ走るほどの情熱も決断も下せない呪縛《じゅばく》状態であった。そのくせ恋愛の対象が消えた喪失感だけは重い残滓《ざんし》となっていて、新しい社会生活に踏み出す意欲を生み出しかねていた。

敗戦を迎えた京都は幸運にも戦災を受けなかった。けれども荒廃と飢餓感は同じように満ち溢《あふ》れていた。そんななかでも伝統産業はいち早く復興したので生家の商売も再開され、私は上級校へ進むことができた。男女同権が叫ばれた戦後改革も助成してくれたといえる。父は実直な商人であったが、かつては文学青年であったので、娘に見果てぬ夢を託しているふうなところもあって、一定の理解を示してくれていた。だが、母は旧態依然として、娘は無事に結婚させるのを大目標と信じて疑わない。この上にまだ二年も学校に行くなどということはとうてい考えられないのだ。そんな余裕があれば、嫁入り支度の半襟の一枚も買うとよい、といって頑強に反対を唱えた。国も人々の生活もずたずたにして敗れたというのに、大人たちを支配している根底の道徳やしきたりだけは生き延びていた。さらに私が家業になじまず、兄弟からも孤立して一人で読書したがるのも気にいらない。二十歳にもなって裁縫も料理も人並みにできないのに、文学がどうの、新劇がどうのという娘は世間の無用者に映るのだった。ところが私には、どう考えても半襟一枚よりは本一冊のほうが大切である。反対の語調が強くなればなるほど若者の反抗心は果敢になるものだから、ならば、アルバイトをしてでも自力で学校へ行きます、と応じた。大人たちが無茶な戦争をして、あんなにも若者の可能性を踏みにじったのはつい数年前のことではなかったのか、と反抗心も胸いっぱいに満ち溢れていた。

さいわい、市役所でアルバイトを見つけた。女子大には編入学の手続きをしておいて、しばらくは河原町御池の市庁へ通うようになった。

初出勤の朝、またしても学校より見合いをせよ、と勧める母と衝突をしてしまった。やっと駆けつけたときはかなり遅刻をしていた。最初からの勤怠を謝り、羞恥心《しゅうちしん》から身を堅くして定められた席に着いた。乱れた気持のままやっと紅潮した顔をあげると、斜め向こうの席からの凝視に合った。ひときわ白面の年配者らしいそれは叱責《しっせき》としかとれなくて表情の返しようもない。以後、その人の凝視は恐れに似た印象として残った。

役所では、アルバイトにふさわしく封筒の表書き、発送の処理などの責任のない労働に終始し、初の社会体験は急速に失望の色を深めるばかりである。窓の小さい庁舎の内部ではうす暗さそのままに職員も単調で生彩を欠く仕事に従事し、沈滞した空気が漂っている。そこへ小生意気な女子大生が入ってきたのだから、気分転換の格好の獲物到来である。ある者はわざと手間のかかる仕事を命令して、自分の権威を認めさせせようとする。またある者は聞こえよがしに卑猥《ひわい》な話題をし、私の反応を盗み見するのを楽しむ。いつも不快感を隠して平然さを装い、逆にこれが男性の生態かと観察することにしていた。あの凝視の人はいつの場合も加担せず、しかし同僚から孤立もしないで黙っており、時折は私を凝視した。そのうち、仕事のうえでの自己顕示にも、上下の関係にもほとんど無関心な態度をとる個性の持ち主であると気付いた。

御池通に面した庁舎四階、東南方には朝日会館が突き立っている。春霞《はるがすみ》の中の青鼠色《あおねずみいろ》をした壁面には東郷青児《とうごうせいじ》描く踊り子たちや縞馬《しまうま》が舞っていた。前庭を見下ろすと、小さい花壇も春の色でいっぱいだ。単調な職務に疲れた昼休み、心のうちで「春にそむいて」という言葉を何度もつぶやいていた。

「僕、若いときにあんたの女専の人と恋をしたことがあるのや」

いつの間にか凝視の人がいて、横を向いたまま話しかけた。

「ずいぶん、時代がかったお話ですね」

「うん、京大へいってたとき。いっしょに琵琶湖《びわこ》でボートに乗ったり、嵐山《あらしやま》へ遊びに行ったりしたんやけど、僕の友達のロマンスを聞いてたら、おんなじ人や。きれいな浮気な人やったなあ」

「おやおや」
「僕の学生時代の昭和十年ころは左翼も姿を消して、社会にわりに自由な雰囲気があってなあ。女専の人らとダンスパーティーもできたし、うちで音楽会もした。楽しかったなあ、あの時分は……。

すぐあとに、兵隊にとられるのは決まってたんやさかいに」

昼下がりの光を浴びた横顔は案外若く、薄い唇にそそるような情感のあるのを発見した。その唇からつぎつぎ飛び出す京都弁、男が使うと妙に甘ったるく、しまりない語感との不調和にひっかかっていた。

これがきっかけとなって西山良平に接近するようになった。彼の青春を彩った幾人かの女専生、その一つが私の姿を借りて再現されているのだ。聞けば三八歳、すでに若さを失ったというほどでもないが、昔見た花を今は余裕をもって眺められる年齢に達していたであろう。いわば青春の回想と愛惜が、私への度重なる凝視となっていたのだ。

私の恋愛体験といえば、多くは大学生で、彼らは上昇するばかりの情熱も欲望も不器用にもてあましていた。それを道徳的に正当化するのは結婚というけじめだから、真面目な青年ほど短絡に迫ったりする。まだ恋を恋している状態を脱していない私にも、一時の情熱にまかせた敗残の人生の構図くらいは予想できるから、その短絡さが重苦しくてうとましくさえあった。それでいて、一度味わった愛されることの驕慢《きょうまん》な快楽も棄てかね、孤独に耐える力を弱らせていった。その私の前に、人生の成熟期にさしかかった良平が現れた。青年には見出せない安定とアンニュイともとれる抑制感のある態度が新鮮に映ったのかもしれない。興味が愛の引き金になる機縁はよくあることだ。

京都の私学はどこでもそうだが、女専にも創設期から三高や京大から教官が講義に来ていた。学会の主流もアカデミズムも敗戦を境に旧態に戻っていたので、良平の学生期の学者や著書についても話せた。芸術全般を愛好する趣味も共通で、私は新劇に夢中だったし、彼は音楽にのめりこんでいた。偶然、私が制作を手伝いにいっていた市中の新劇団に良平の知人がいたりして話題には事欠かない。

いつからか、正午に職場から解放される土曜日は、岡崎の美術館へ連れ立った。

桜のさざめきが終わって、東山に柔らかい新芽の薄茶色が点在する季節、新制作展へ行った。題名も作者も覚えていないが、ピンクや赤や青で塗り上げられ、全体としてはグレーに仕上げられた抽象画の前に立ち止まっていると、

「あんた、こんな絵、好きやろ」

と、良平がいった。

「どうしてわかるの」

「ロマンチックやから」

絵を見ながら微笑んでいる。私への理解がいくばくかでも生まれてきているのに驚き、そして胸が熱くなった。

そのあとは、戦前から変わらない雰囲気の喫茶店を好み、コーヒーを飲みながら絵画の感想や美術についてとりとめなく話し続け、夕刻には別れた。それぞれの家人の詮索《せんさく》を誘発するのは避けたかった。

（三）

職場では、私と良平が親しげなのに気付いたのか、いち早くその経歴を告げてくれる職員がいた。京大歴史学に一学風をうち立てた西山憲の六男であり、妻の生家は西の京の大地主でそこに同居しており、幼児がいることなど。商家に育った私には著名な学者の家庭環境は別世界のように思えた。

折々には生き方にも話がおよんだが、何よりも私を惹きつけたのは人生観であった。

「家庭というもんは、人間にとって重荷でしかない。

それを維持していくために、無理なことをしたり、自分を曲げんならんこともある。わずかな出世のために、他人と無用の競争をしてみたりするのは、あんたも役所でよう見て知ってるやろ。あの醜さがかなわん」

「職業は生命力の表現であるって、教育学ではいうのですね」

「なんにも、職業だけを生命力の表現と限定することはないやろ。ほかにも自分のしたい道を見つける方法はいくつもあるはずや。確かに人間は食べて生きていかんならんさかい、働かなあかんやろう。それは、生きていくぎりぎりの必要を満たすもんでええのや。妻子がいるとややこしいもんが付きまとうし、自分のほんまにしたいことが制限される」

「孤独に耐えて、なにものにも煩わされない自由を取るほうがよいという思想ですか」

「まあそうや。孤独はある面では辛いに違いない。それでも、束縛よりええやないか。人間に許されてる自由はしれたもんや、けど、可能な限り束縛されんと、自分が美しいと思えるものとだけ向き合おて生きられたら」

「好きなことをして生きたいなら、学者にならはったらよかったのに」

「学者の世界も、あれで結構すざまじいもんやね。生存競争の醜さはかわらへん。僕は音楽のほうへ進みたかったが、親父に反対された。養子にでもいかんと食うていけへんていわれて、それもいややさかいに京大で家学《かがく》の歴史を選んだが。それから、長い戦争やった……」

「国文でいう無用者の系譜ですね。私もこんな社会から逃避したい。何もしないで、何も求めないで、ただ、ひっそりと本だけ読んでいたいと思うことはありますよ」

「西行《さいぎょう》、吉田兼好《けんこう》か。しかし、あれもしんどそうや」

「そんなら、どうして結婚しはったんですか」

良平が大学を卒業すると、戦争は拡大の道をたどるばかりだった。国家総動員法下だったから、東京の知人が経営する薬品会社に就職した。そこの下宿へ、音楽を通して付き合っていた妻となる人が、突然家出してきた。短い同棲《どうせい》。やがて良平は出征し、敗戦後まで中支の戦場で過ごした。京都に復員して再会したとき、その人は両親を亡くして姉妹だけで暮らしていた。西山の父もすでに無く、兄たちの家庭を転々とする生活が待っていた。

「あの敗戦直後の不自由な暮らしは、男一人ではなかなか面倒なもんやった」

「妥協した、というわけですか」

「そういうことになるなあ」

「それ、男の責任をとるっていうのですか」

「ちょっと違うな。戦場から生きて帰れるかどうか、わからへんかったさかいに……」

遠くを見る目をしていた。

「中河与一《なかがわよいち》の『天《てん》の夕顔《ゆうがお》』の世界ですね」

「あんたらも読んではるのか、あんな本。戦争しに行かんならんかった学生の間でもはやった。あれはプラトニックラブやが、そんなきれいなもんでもない」

職場で感じる良平の傍観者風な屈折した真意が、少しずつ心に響き渡った。軍国主義一辺倒から民主主義の新色に変貌した社会、あらゆる価値観の激変をどう受け入れればよいのかわからない彷徨《ほうこう》状態が続いたままである。そのうえ、私の家族のわわしさには耐え切れないほど悩まされていた。この世の何もかもがむなしいのではないかと、虚無感さえ芽生えさせていた。だから良平の現実には至難な高踏的ともいえる人生観に共鳴し、むしろ俗情に染まない清冽《せいれつ》さを見出そうとしていたのであろう。この時代の激流に翻弄《ほんろう》された男の深い痛恨の思いまでは理解できていなかったようだ。

（四）

その午後は、下鴨《しもがも》神社の糺《ただす》の森を散策していた。

賀茂川《かもがわ》と高野川《たかのがわ》の合流点にいにしえのままの鬱蒼《うっそう》とした姿を残している。落葉が細道を埋め尽くし、大樹からの木漏れ日を受けた葉はあちらでもこちらでも黄金にきらめいていた。それを十一月の寒気を帯びた風が振り飛ばす。せせらぎも沈んだ茶褐色の葉の隙間《すきま》を控えめに流れているようだ。

「鴨長明《かものちょうめい》が、せみの小川の清ければ……と詠んだの、この小川のことかしら」

靴で踏みしだくと下葉の感触がやわらかい。

「ぼく、こんな風景が好きなんや。ええなあ」

自然は年に一度、落魄《らくはく》の気配とともに変身し、心奥の哀しい詠嘆を呼び覚ます。暮れゆく森の点景になったように、二人とも寡黙だった。僥倖《ぎょうこう》のように巡りあったこの風景、ここに包まれた二人も、永遠に目の底に焼き付けておきたいと願っていた。

「接吻しよう」

白い額の毛が、風に少し乱れた。

しかし、私は「いや」と首を横に振って立ち止まってしまった。

この風景に、男と女の欲情を入り込ませて破壊したくなかったのか、それとも、このそこはかない恋がはらむ危険を予感していたのか、はっきりした意思が働いたわけではない。この人がいつよりも、いや初めて男性として身近に寄り添ってきた驚きと喜びが突き抜けていながら、点景は点景として封印したい意思が押しとどめてしまった。硬直したように動かず、拒否した形のまま空白のときが流れていった。

はじめ良平は怪訝《けげん》な顔をして対峙《たいじ》していたが、やがて黙って歩き出した。ダークグレイの背広の後ろ姿を追っているうちに、いつしか下鴨本通りに出ていた。

「失礼なことをしたかな。

どう思うてはるのか……、困った人や」

「私は、自尊心が高い」

「なるほどなあ」

偽悪《ぎあく》ぶって答えたものの、このままこの人を手放してしまいそうな不安もすぐ押し寄せ、その気持をどう表現しようかと言葉を探した。擁する行為も、愛を確認する一つのすべであろうに、素直な気持になれない自分がもどかしい。

あの人は静かに、夕闇の街に消えていった。

（五）

ただ一度　ただ一人
若き日の夢よ……

シネ・オペレッタ「会議は踊る」の主題歌。ウィーン会議に来たロシア皇帝と町娘の束《つか》の間の恋と別れ。昭和九年に上映された。満洲侵略が本格化し、十一年には二・二六事件、十二年日中戦争と軍靴高鳴る時代を背景にして切なく流行した。人はみな、ただ一度、ただ一人といえる目くるめく出会いに遭遇したい憧憬《どうけい》を秘めているのではないか。二度とない、生涯を貫いても悔いないない恋などありえないといわれても、いつでも今が真実で後先がないと錯誤する。文学は愛に狂乱する人間模様を飽きることなく描き続けている。

若い私は、良平との接吻さえ拒否しながら、その愛のどこかで奇跡を求めていたようだ。

これまでの少しばかりの経験は、魂の完全燃焼にはほど遠いものに思え、どれもが中空に澱《よど》んでいた。

「会議は踊る」の何度目かの再映が、新京極の小さい映画館であった。白黒の素朴な映画なのに、リリアン・ハーヴェイが唄う「ただひとたび」は、何度聞いても心を震わす。暗い客席の隣には、良平のうっとりしたような端正な横顔がうかがえた。青春の日、友や女専生とドイツ語で合唱したのであろう。良平のただ一人の人といえるのは誰であろうか、そして私も。探しものをするように自問を繰り返していた。

その日は、主題歌に酔っていつもより高潮していたようだった。戦前のままの内装の築《つき》地《じ》でコーヒーを飲んでの帰途、何気なく、

「来週の月曜日、休講になった」

といった。すでに私は女子大を卒業して、神戸の高校の講師をしていた。ほとんど連日の出勤であったが、急に担当学年が見学に出かけることになった。

「僕は、大阪へ出張やね」

私は言葉を止めた。

「大阪の役所へ、昼からはＢＫで録音がある」

「いつごろ済むのかしら」

「さあ、四時ごろかなあ」

「私、行きます」

良平は沈黙したまま、凝視した。その目を推し量りながら、

「四時、ＢＫ前で、ね」

と言い捨てて別れた。

（六）

帰宅して、いつもとは違った緊張感をしまい湯のぬくもりのなかで確かめていた。

女子大を卒業したこのころ、母はいっそう結婚せよと言いつのっていた。私が思春期を迎えると、男性との交際に神経を鋭くし、帰宅時間に厳格なルールを課した。ふしだらをすると子どもができる、というのが脅迫の言葉だ。未婚の母がまだまだ容認されない時代だから、それが女の一生に過酷な運命を背負わせる悲劇は充分に理解していた。しかしその母が、十代で入籍しないまま娘を産んでいたのだ。私が小学校四年の夏、死病に取り付かれたと誤信した母が姉の存在を告白した。決して口外しないと約束を守っていた。が、

私のなによりも好きな読書を制限するのに反抗して、つい口を滑らせた。それを父が初めて知ることになり家庭騒動におよぶ。と、母は私を激しくなじりながら、

「あての、初恋……」

といって、箪笥《たんす》の前に頽《くずお》れて泣いた。初恋の重みのわからない私が必死で謝っても聞き入れず、実家へ帰ってしまった。私には大人にだけあるらしい性の澱み、ひそかに子どもを産むらしい不潔な匂《にお》いだけが母への嫌悪感となって残された。その母が、いや、そうだからこそ、娘の女としての成長はゆるがせにできなかったのであろう。

臆面《おくめん》もなく古い道徳を強要する母との葛藤《かっとう》は心底に矛盾に対する抗議に満ちたものであったが、一歩外に出た社会もまた動転の風俗の連続であった。敗戦を境に性の解放と退廃も進行していた。京都の町中でも、つい数カ月前には鬼畜であったアメリカ兵にまとわりつく街娼《がいしょう》の出現に驚かされた。しかし父や夫の生還によって、生活が紙一重のところで幸不幸に分かれたのだから、家も収入もすべての生活の手段を失った女性たちには肉体を売るほかに生きる手立てはない。どうしようもない非情の運命に抵抗しながらであったのかもしれない。

文芸の世界でも戦時統制が消えると、織田作之助《おださくのすけ》や、田村泰次郎《たむらたいじろう》の露《あら》わな性描写で人間

を取り戻そうとする小説が隆盛した。未知な女学生たちは分からないままに興味をもって回し読みし、大人の世界を垣間見《かいまみ》て解放感を味わった気分になっていた。昭和二三年の春になると、初めて公立校の男女共学制が施行される。このとき、大人たちは男女生徒の間で何事が起こるかと動転した。それは滑稽《こっけい》なくらいであった。

少年少女にとっては、風俗や社会改革の変化だけではない。恐ろしいような価値観の変貌が目には見えない爆弾となっていつも降り注いでいた。それは戦中と同じように。未熟なままに一つひとつを対応し切れるわけはない。少しばかりエロチックな文学に接したり、旧態依然とした校則を破ってみたりして青々しい抵抗を試みてはいたが、彷徨する心に何の解決も与えてはくれないのである。だから私たちの世代は、心のどこかに歴史の重圧と変転を怨恨《えんこん》のように抱えていて、既成の道徳も、社会の秩序も、自分さえもめちゃくちゃに破壊したい衝動を秘めていたのではないだろうか。

恋と反逆は付き物だけれど、妻子ある男性と交際していると母が知ったならどんなに驚愕《きょうがく》するであろう。結婚適齢の娘がともかくも安全に経過しているのは、ただ一度、ただ一人というほどの確信を持てる対象に巡り合わなかっただけの偶然の不幸に過ぎないのを親は知らない。子どもが親とは別の生きものとして大人になるのを認めたくないだけだ。

体を洗い終わって、ふと湯煙でおぼろな鏡の前に立った。

喧騒《けんそう》の町、大阪で良平に会う。下鴨神社で接吻を拒否したことなど何もなかったようないつもの交流が続いていても、身近さは確実に深められている。情感のない静止であるとどうしていえよう。いつもながらの出会いで終わるかもしれない。が、もしあの人が再び手を差し伸べたなら、振り払えるであろうか。

ここまできて、情熱にまかせるのかと自問すると、どうしても一点の抵抗があった。それは良平の十年におよぶ結婚生活である。夜、床に就いておのずと浮かぶあの人は妻の傍らに寝ているはずであった。私の体験しない男と女の日常。未婚の青年との恋にはなかった生苦しい現実に戸惑う。それは妻に慣れ親しんだ彼の肉体への不潔感をどうしようもなく伴うものであった。

境遇の違いを思えば、思案のほかの苦悩の世界に踏み込んでしまったのかもしれなかった。湯船に身を沈めて、気持を整理しようとしたが、答えは浮かばない。

（七）

約束の朝を迎えた。私は会いに行くことも、止めることもできた。行動への迷いは否定の現れである。だが、執着の強さの証ともいえた。簡単に迷いを断ち切れるくらいなら、この数年をかけて良平に向き合わなかった。

私は快活気に、ともかくも外出の支度に取りかかった。そこへ叔母が縁談をもってやってきた。産婦人科の医師というのに母はことのほか乗り気になった。夫が毎日女性の陰部を見ている職業であるのに、平気でいられる感性を私は持ち合わせていない。そんな娘を慮《おもんばか》れず、生活の安定だけを喜んで勧める母にまたしても強い嫌悪が湧《わ》き立った。やっぱり、大阪へ行こうと、有無なく決意した。

所用があると告げると、京阪電車の四条駅へ向かって飛び出した。車中、予定の時間には遅れ気味だったがどうにか間に合うはずと、無理に気持を落ち着かせようと週刊誌を開くが目は字面を走るばかり。何があろうと、あの人と会い、心弾むひとときを共有すればよいのだ。迷いは霧散《むさん》していた。

座席の横に薄茶のツイードのコートを脱ぎ、緑の水玉模様のマフラーも上に置いた。こげ茶のハンドバッグも神戸の元町《もとまち》で見つけ気に入ったものだが、最近は服飾も地味好みになったようだ。良平は黒っぽい背広に小柄のネクタイをしているだろう。ポマードの品よい香りもなつかしい。これらは妻なる人の思い入れが伝わってきて複雑な気持なのだけれど。

車外には時折早咲きの桜らしい花木が走り去り、冬という天蓋《てんがい》は取り払われようとしていた。わずかな陽気に包みこまれているようであった。

中書島《ちゅうしょじま》を過ぎた辺りで、電車の徐行に気付いた。前方に宇治川の堤防が望める。すぐ元に戻ると予想していたのに、車掌が急ぎ足で通路を往復し始めると、停車してしまった。まばらな乗客は急用のない人が多いのか、原因不明の停車にも騒がず、無関心に座っている。容赦なく時間は失われ、過ぎていく。私は数え切れないほど大阪へ往復したが、事故に遭遇したことは一度もなかった。このいつか見たドラマのような出来事のただなかで、うろたえていた。何をし、何を思えばよいのか、分別もつかない。車掌に詰問しても、下車しても、無常に過ぎ去るばかりの時間に立ち向かうすべはあろうはずがなかった。一分が一時間にも感じられる時の流れに対峙して、身を堅くして耐えるのが精一杯だった。もはや何も考えられず、可能なら眠りに落ちたいと目を閉じた。

やがて、電車は何事もなかったように動き出した。

天満橋《てんまばし》駅に着くと、四時をとっくに過ぎていた。それでもBK前へタクシーで急いだ。

こんなとき、若い恋人なら外聞もかまわず待ち続けているのだが、あの人には望むべくもなかった。BK前に人影はなく、正面にはめ込まれた時計だけが冷酷に時刻を告げている。それでも淡い期待をつないで受付に尋ねると、「一時間ほど前に帰られましたよ」という返事。

この広い大阪に良平はまだいるのだろうか。もし偶然が私に味方するなら、そのためにどんな代償を払ってもよい。頭が熱くなるのを感じながら、未練がましく喪失した時を追い続けていると、かつてないほどの凝縮された思慕がどこまでも膨張しはじめた。

やむなく天満橋に引き返し、切符を買う動作の確かさに反して、目線は奇跡を求めて周辺を飛び散る。諦めきれない心で、こんなときにも電話もかけられないのだと思い至ったのは、いっそう残酷であった。

もう良平は、家庭の人となってくつろいでいるのだろう。座りなれた茶の間の位置、差し出される湯呑《ゆのみ》、そしてまとわりつく幼児。夫であり、父親であるあの人にも、妻なる人にも、初めて嫉妬した。役所のアルバイトをしていたころ、何かの都合で弁当を届けにきた良平の妻を見かけた折があった。やや厚ぼったい唇と、女学生のように、装わない清楚《せいそ》さが印象に残った。言葉もなくそっと渡し、平然と受け取るのを、夫婦とはこんなものかと見ていた。何の拘泥《こうでい》もなかった時期のことだ。今の私にはそんな余裕はない。良平をこの手で捕まえたい、家庭から取り出してでも。

これまでから家庭についての話題は少なかった。妻子ある男が、妻への不満を吐露《とろ》するのを愛の証のようにして母性愛をくすぐるふうなところはまったくなかった。その言い訳がましさがないのも、むろん家庭や生活を背負って疲れた男のわびしさも感じられない。翼を広げて忍び寄る愛の訪れをいつでも受け止められる感性と、好色さも備えていると見えた。それでいて、束縛を嫌い孤高を保とうとしながらも、どういう成り行きかで巣作りをしてしまった以上、責任を放棄しない誠実さもかえって信頼できそうであり、暗黙のうちに家庭を乱さない形を保ってきた。

私が女専生のとき、太宰治《だざいおさむ》が玉川上水で愛人と心中をして世間を驚かせた。翌朝、この話題でクラス中が沸き立った。悲劇の好きな女子学生たちは、無頼な男の危険な魅力も、破滅にいたる人生にも、どこかで強く惹きつけられていた。反抗なのか、自虐なのか分からない、瀬戸際に立つような激しい人生にあこがれもした。それは私も同様である。しかし、良平とのかかわりは、お互いの境遇の違いからか、高踏的な考えかたへの共鳴からか、あやうさを秘めながらも男と女の世界の俗臭をどこかでさえぎろうとする配慮があり、知らずしらずに実生活を超えたところで美しいと思える仮想空間を作り上げていたのではないか。その均衡を大阪行きの偶然の成り行きが壊そうとしている。私の阻まれた情念が均衡を破り障壁に変えてしまった。仮想空間の美しさはただ透明なだけであるのに。

私は、帰路の電車に身をゆだね、流されるように京都に帰りついた。

（八）

十時を告げるサイレンが低くうなるように響き渡った。京都市では正午と十時に時報のサイレンを鳴らしていた。これを合図に人々は忘れていた時刻を取り戻し、背景が深夜に置き換えられる。私は間もなく起きる事態を目前に、東一条の電停を乗降する人を眺めていた。それぞれに目的をもち、違った感情を抱いて立ち去る。日仏会館はと見ると、屋上の三色旗がはためいていた。

また電車がやってきた。停留所で人待ち顔なのも間の悪いものだが、今は夜の暗さが救ってくれる。と、思いながらふっと顔を反対側へ回すと、少し離れてオーバーを着た男性が私のほうへ向かって立っていた。なぜか、私ははっとした。隠しごとが発覚したときに身内を走るあのショックとでもいおうか。心中のひそかなたくらみや情熱までもが露わにされそうな感じだ。私は身構えて、その男性を探り見た。逆光線でただ黒く、顔も判別しかねたが、かなりの年配らしいことや、知人ではないのは認められた。しばらく用心深く目を離さず、次には、さも電車を待ちかねている体《てい》にまた首を北へ向けた。若い娘が一人、人待ち顔に立っているのもいぶかしかったのであろう。程なくその人は京都駅行きの市電に乗り視界から消えてしまった。

どうして、私は驚いたのか。知るはずもない人の姿に訳もなく掬《すく》われて、身構えてさえいた。その一瞬の羞恥《しゅうち》。しかも、いかにも電車を待つ風体を装い、小悪事を隠すように虚勢を張って繕った。無意識に反応したこの態度に現れたうしろめたさ、それが我慢ならない。なぜ、うしろめたいのか。

（九）

いつであったか良平に、

「こういう交際、罪になるのかしら」

私は罪という言葉のあやしさに酔っていった。

「罪。若いのに古くさい言いかたしはるのやな。愛情はもっと自由なもんや」

「風の中の羽根のように、か」

二人で笑ったものだ。

罪といったとき、私はあんなにも憎んでいた道徳や規範を、実は知らずしらずに身内に染み込ませているのに気付かなかったのかもしれない。

もし良平が、妻よりも愛していると告白したら、今の私なら選ばれている恍惚《こうこつ》に酔い、ひたすら猛進してしまうであろうが、それは、妻なる人から奪う形となる。奪う、人を奪う、なんと野蛮な言葉だろう。そして良平は妻を棄てる。これが妻子ある男と若い娘の愛を貫く道筋なら、その先には愛憎渦巻く葛藤が泥沼のように待ち受けているに違いない。

あの人は、結婚を妥協だといった。

「妥協といっても、その人が好きやったんでしょう」

「うん、まあ」

「それなら、許せる」

打算だとは思いたくなかった。彼が資産のある旧家に入り婿のように入って生活している形を打算だと陰口するのは耳にした。あの戦争の時代、戦場に赴《い》けという通知がいつ二人を引き裂くかとおびえながら結びつき、戦後の飢餓に満ちた生活もともに耐えてきた。愛を全《まっと》うすることの難しい苛酷《かこく》な日々が良平たちの世代を支配し、結婚しても半月、いや一夜で未亡人《ママ》になった例はいくらでもあった。愛し、結婚し、子どもを産む、こんなありふれた人間の営みが死と隣り合わせのところでしか存在しない。戦争という無情な嵐の歳月を生きた同志にも似た男と女の十年は、未知な私に分かるはずもなかった。ただあるのは、二人が作り上げた城塞《じょうさい》を破壊するエネルギーの膨大を想像するだけだ。それを若い娘のためにあえて壊すシナリオは、今まで親しんだ良平の人生観のどの項目にも書かれていないであろう。

結婚にいたった妥協、家庭を維持する妥協、生きるためのやむを得ない妥協、このほかは用無きものとして旋律のなかでだけ自己を守っているあの人に何を求められようか。男としては気弱にも見える生きかただが、人間の織りなす無明の葛藤にも、そしてこの国の歴史にももう翻弄されたくないと思い定めているとも思えた。この無用者のわずかな空間、その一隅にある仮想空間に入り込み、執着しているのが私の愛なのであった。

学生時代によく観劇した近松門左衛門の心中物は、滅びゆく恋の美しさが胸に迫ったものだった。なぜ死なねばならないのか、その時代の義理、掟《おきて》に追い詰められて、死の一瞬に開花を願う。愛というにはもっとすざまじい意地が凝結した世界にみえたものだ。私に良平の妻がしたような捨身の行動を取れる意地があるのかと問えば、たじろぎがあった。大阪で会えなかったために点火した情念をもてあましてここまできたのだけれど、仮想空間の透明な境界から踏み出す決意はしかねている私がいる。

しかし、良平は慕わしかった。ただ一度でもよい、虚構であってもよい、誰はばかることのない良平の愛をわがものと思えるきらめく恍惚感が欲しかった。

これでは、自縄《じじょう》自縛《じばく》ではないのか。

（十）

また時計を見た。十時二十分を指していた。

私はこの短い待つ間の心の葛藤に翻弄されて、待ち続ける気力を失ってきていた。もう帰ろう。そう決意して日仏会館を見やったとき、入口から出たばかりの人影が東大路を横断してきた。釘付けになったように静止していると、四人は停留所に到着してすぐやってきた市電に乗ろうとした。ふっと、あの人の白い顔が振り返った。と、先刻来の惑いは耐えられない奔流となり、そのまま早足に歩き出していた。京大吉田分校の石垣に沿った街路を後ろから追ってきた足音が並ぶようになっても乱れた気持は治まらず、やっと捉えられた人にも話しかけられそうにもない。良平もなにも言わなかった。急に現れて、歩き出したまま黙している私に普通でない気配を感じたのであろう。こんなときにも、どうしたのかとかまわずに声をかけたりしないで、私の動揺を敏感に察し安らぐのを待っていてくれる。この人のこんなところが好ましいのだと、未練気に胸を突ついた。

「驚いた？」

「うん」

「大阪へ遅れていって、ごめんなさい」

「やっぱり来たんか。僕は来はらへんと思うてたんやが……」

大阪へ現れるはずはないと予想した彼の胸中を、推測する余裕はなかった。

私は突然立ち止まり、

「こんなことしてるの、辛うなった」

良平は毅然とした顔付きになって凝視し、しばらくして、

「あんたは、若い男と結婚せんとあかんな」

「重荷になったん」

「いや、このままでは、あんたを不幸にするのやないかと、考えていたんや」

「わたしも、そう思うわ」

はっきり答えてしまった私は、こぼれそうな涙を満身で制御していた。思わず良平が身近に寄り、バイオリンのケースが腰に当たった。

「わたし、もう帰る。失礼します」

強いて静かに告げると、折よくきたタクシーに飛び乗った。

私は、運転手の視線もかまわないでハンカチを目に当てた。これでいいのだ、これでいいのだという叫びを、ただ繰り返していた。

（十一）

東一条の夜からしばらくして、良平から手紙が届いた。

「小生は、恋愛の芸術家たり得ない」という趣意だった。

こんな別離の言葉があったのかと、その表現に衝撃を受けた。

幾度も読み返して、ありあまる情感を抑えきれずに友に見せると、

「重荷になったから、逃げたのよ」

といった。不幸な生い立ちの人だ。しかし、私も否定しきれないでいた。

これまで女子大の教室で親しんできた王朝の数々の名作は、うつろいやすい恋の喜びやせつない別れを謳《うた》い上げている。課外授業で高名な国文学者が「愛の哲理は別離の悲哀にある」と断言した。学生たちは別離の内実をしかとは理解も体験もしないままに感傷的な気分で心に刻んだものであった。その別離の悲哀の渦中にある。

男と女は、肌すりあわせ結婚という形をとるか、身も心も切り裂かれても断念して別れていかねばならないのかという、この二つの定理だけに絡められるありようには、むろん抵抗があった。法の上だけでも男女平等を謳う戦後社会の若者として、法的な結婚という形式に縛られないもっと自由な第三の形があってもよいと憧れ、友だちとレオン・ブルムの『結婚について』を回し読みして議論しあった。結婚は性関係を一定期間経てから決定されるほうがよいという考えかたには肯定者は多かったが、戦後なお処女性を重視する社会では、体験もないのに先鋭を好む学生を魅了しただけで現実味は乏しい。

良平は家庭を捨てるつもりはなく、いつまでも若い私の執着を引きずってはいけないと判断して断交を告げてきたのだろうが、いっそあきらめきれないなら、なりふりかまわず良平の白い手にすがって、いかようにされても、と懇願してもよかったのだ。社会に認知される結婚を棄て、ただ愛に生きたいと迫る。それは男性に経済的支援を頼らないが愛は得る、このころよくいわれた0号《ゼロ》という存在であろう。経済援助をもらえば妾《ママ》になる。

しかし、私にはその異形の愛の貫徹をためらうものがあった。元来意志的な生きかたのできる性格だとは認められないのだから、この社会に生きていけば、知らずしらずのうちに形だけでなく心持ちにまで負い目を感じてしまいそうだった。「日陰の身」という言葉も通用していた。ひっそりと居場所を得たとしても、不利な立場を打ち払えるほど強い女でいられようか。どこかで陽《ひ》の目を憧れるとき、それでも毅然として自尊心を保ちつつ愛を貫けるのかと自問すると、どこかにためらいを残していた。

去年、大阪で会えなかった日から、あえて狂気に身をゆだねるように恋慕の炎を燃やし、ただひたすら愛だけに懸ける人生をむやみに思い描いてはみたものの、その片方では、狂気のあとにたとえ愛が成就したとしても、自ずと世間から隠れるような生活になり、小さい部屋でひっそりと二人が向き合っている場面が見え隠れしてならなかった。世捨人のような言辞を吐く良平だが、この一点だけで自己を確立しようとしている音楽。最近演奏の機会のふえてきた道もおのずと封じさせる結果になろう。愛の歓喜に慣れたそのとき、それぞれの心の内を占めるのは果たして純粋な愛情だけなのであろうか。

生きる目標の大きな部分を愛と引き換え、それでも二人だけの純粋な愛を貫き通せるというのは幻想なのかもしれない。ドラマのあとに延々と続く茫漠《ぼうばく》とした人生を愛だけで耐え抜けると信じるのは、恋の渦中にある若い私でさえ甘くて楽天的すぎると思う。フィクションの世界のようだ。中年の良平には自明の理であろう。私が強固にこの道を選択したとしても、それを望むのか、どうか。そこまで良平の真意に迫り身も心も投げ出して確かめた覚えがなかった。こんな懊悩《おうのう》はいかにも無力で哀しい。

手痛い断交の手紙を機に立ち止まるまでもなく、いつしか幻想だけではすまない状態になってしまった恋。そこまで追い込んだのはひとえに私の執着。この行き先に光を見出せないどうしようもない恋心は、どこからやってきて、どうしてとりついてしまったのか。暗中をさまようように何度も自問し、恋という魔物にもがき続けていると、いつしかその情感は重苦しい自縄自縛の精神状態にすっぽりと変容しているのに気付いた。

レールの上を歩く操り人形のように大学には通っていた。周囲の風景までも暗色の紗《しゃ》がかかって光までにぶく、「別離の悲哀」は想像以上につらい。遮断された心をどうにか支えているが、低い吐息さえもれてきた。

愛の自縄自縛で動けなくなったピエロだと自嘲《じちょう》したりしてみるうちに、この魔力から、もう逃れられるものなら脱出したいとさえ思い始めていた。この重圧は彼とても同じなのであろう。男の好色さのゆえに小娘に青春の幻影を見ただけ、そうでなければ、この手紙は書けない……。恋の重圧など、求めはしまい。

静かに幕を引いたのは二人であるとしよう。あれもこれも「心の花なれば」という世阿《ぜあ》弥《み》の言葉が心に浮かんでいた。あえて、これを花と呼ぼう。美しいのか、ゆがんでいるのか、たしかに私の心を狂わせて咲いた花。

自尊心を見失わずにそう思えたのは、わが心へのせめてもの慰めであった。

（十二）

若さは、救いの神となる。おのずと備わった生気ある血潮は傷心と無縁に脈打っていた。忘却したい愛の記憶も血潮とともに流れ、日常もまた加速されていった。

そのころ、勤めていた高校で音楽会を催す計画が立てられ、担当となった私はこの世界に知識がなく、この分野に通じた同僚もいないので思案にくれていた。しばらく逡巡《しゅんじゅん》した末に、喧嘩別れしたわけではなし事務的な助言だけなら、とあやふやな気持で良平に手紙で尋ねてみた。

「いずれ、面談のうえで――」

すぐに、返事がきた。約束の日時にも、「やあ」と少しはにかんだようないつもの笑みを浮かべて現れ、河原町辺りの喫茶店で向き合った。音楽会の演奏曲目、連絡先などの手はずを低い声で齟齬《そご》なく教えてくれた。

何一つ変わっていなかった。私はあの懊悩は現実だったのかと問い返したいような衝動を隠して、香りのよいコーヒーを飲んでいた。彼も「あのときは……」などと過ぎ去った出来事を蒸し返したりしない。大人の暗黙の了解とみなしてただ静かに向き合っている。この人は、言葉のみを介して親しみを交わす二人の関係を今でも拒否していない。いや、むしろ歓迎しているのかもしれない。私を見る眼も、こころなしか柔らかに感じる。が、それ以上の男としての態度も感情も示さない。実は、それが私への愛の形であり、また量でもあったのだ。鋭く気づくと、残りのコーヒーを飲み干した。

このころ私は、偶然のきっかけで隆司と知り合った。出来心で二、三度会ってお茶を飲んで話すようになると、実は市役所でアルバイトをしているときに私を見かけて以来の初恋だと告白し、さらに接近してきた。優しい眼をした若い男の生木《なまき》のような精気をともなった猛烈な求愛が熱っぽく包囲し、いっきょに結婚話に進行させてきた。「すべてを投げ出して愛する」とありふれた常套語《じょうとうご》をささやくが、それが愛を失った私を甘く揺さぶり、良平にはない純粋な若者の心情とさえ感じとれた。一途《いちず》に愛される心地よさに幻惑されたのか、女として私がどこかで受容し拒否できないようになっていたのか、自分自身でも説明のつかない状態にいざなわれていった。だが、現実の結婚となると、理科系出身という隆司とは教養の質の相違もあり、また公務員だという職業にも興味がなかった。いっときの幻惑に酔っていても、激しい恋心にも執着にも凝結してこない。それでも成り行きで彼の熱意に押され両親に紹介すると、その人柄の素朴さや堅実そうな風貌が母の気に入って、またしても熱心に結婚を強要しはじめた。私は受け身なだけの愛に一身をゆだねるのはあまりにも主体性の定まらない安直さだと、自己批判と愛の満足感が不十分な自覚が消えず、この状態にいたってもまだ結論を定めかねていたのだった。

「わたし、結婚します。お望みどおりに」

身を投げるようにいった。男の愛にほだされる通俗的な女の生きかたを笑ってきたのに、恋を失った私にはふさわしいのかもしれないと、決断を促していた。

「そうか……」

「若い男と」

「それで……。

あんた、ええのか」

良平は沈黙し、私を凝視した。

何の説明もいらないはず。なんの抗議もないはず。二人の境遇が変わり、この細い糸のような間柄が変化しようと、情感で色づけされたこの静かな空間を妨げるものが生じてこようと、それらすべては無用である。

（十三）

三年という月日が急流のように走り去っていった。

妥協であろうとも、母からの脱出であろうとも、結婚を決断したのは私である。それにはいやでも責任がともなう。この機に良平への思いを断ち切る決心もした。隆司との異なった愛の結びつきが私に新たな人生を拓き、執着からものがれられるかもしれないと転生の期待も芽生えさせていた。自尊心もあってか、清新な心構えで新生活に臨もうとした。

夫と呼ぶ男性から、それを受け入れる痛覚を与えられたとき、秘かに良平でないのを悔やんでいた。そしてなぜか、父を思って涙が溢れ出た。「今、とてもつらいのだろう」というと、夫はその涙をなめるように抱きしめた。

しかし面倒な結婚式を挙げ、ありふれた形式で生活の安定を確認する、この通過儀礼を踏むような方法しかとれない私自身に対して、嘲笑したいような気持もまた消えなかった。もっと激しい自由な人生があったかもしれない、魂を燃え滾《たぎ》らせる愛があったかもしれないのにと想像すると、わが手で可能性を削《そ》ぎ落としてしまった喪失感が生じていた。こんな暗影を抱え、どこかで心底から喜べない新生活であったが、日ごとの夫という男性との接触は、人間は精神と肉体を合わせもつ動物であるという事実の確認を迫った。こんなにも全身をいとしく愛撫《あいぶ》され、そしてこんなにも異性の愛撫を受け入れられる肉体を秘めていたのかという驚き。愛する女を得た夫という男は容赦なく私の秘かな心の切れ目を埋め尽くし、忘却させようとする……。男が女に夢中になる情痴の世界は小説ではいくらも描かれていたが、その相方を私が演じている……。

今までの私の中には、母によって植え付けられた性への嫌悪感もあって、恋が性と深く結びついている事実を避けようとしてきたようだ。良平の接吻さえ拒否してきた。上半身の観念だけで愛し、表向きの世界に閉塞《へいそく》していた。それでいて実は遮断しきれない情欲の苦悶の中を浮遊《ふゆう》していたのだと思い返す。

では良平はどうだったのだろう。彼もまた道徳の範疇《はんちゅう》で断交という形を私につきつけた。それでいて情感のつながりは捨ててはいなかった。愛の情感は自由だといいつつも、表向きの道徳を意識し保身している男。まるで恋心をもてあそぶような状態を持続しようとした。長い結婚生活を重ねていて、その実相を知る身であるがゆえに、無難な空間を楽しもうとしているかにみえる。その屈折した複雑な男の情感のありさまは私には未知な領域であったが、今は、男と女がもっと心と肉体を素直に投げ出して愛し合えたなら、もっと異質な愛を共有できただろうとだけはいえる。

なんと臆病《おくびょう》な、これしきの壁を越えられなくてなんの恋だったのかと、初めてこう思えたのは、結婚という大きい代償を払ったからであった。

私はこの時代の女性らしい平等意識もあって、結婚後も職業を続けていた。日々の生活は通勤に時間をとられ、ややこしい家事が加わり、万事に優しい夫であっても、家庭と両立させるには思いのほかの労力を要し、ただやみくもに疾走《しっそう》するような同棲生活といってもよかった。

そこへ突然ひどい悪阻《つわり》がやってきた。計画外だったので若い夫婦は戸惑い、果ては過労からくる結核に違いないとサナトリウムを探したりしていた。体験したことのないけだるさ、とくに午後になると思考さえも停止させてしまう微熱状態はどうしようもなく、授業どころではない。教育現場にいる身で、生徒に対してどう対峙していいのかわからなくなるほどうろたえた。結婚した以上当然の事態で慌てるほうがおかしいのに、思いもしなかった女の生理にすっかり動転し、わが身をもてあまして心構えも身構えもあやふやになっていく。夫はおろおろと見守るだけなのに、女にだけ課せられるこの肉体の変化は理不尽だ。強く抗議を呟《つぶや》いてみてもなす術《すべ》はなく、日に日に自信を喪失していくばかり。加えて夫が、職場に私をおいて他人に晒《さら》すことは耐えられない、いつも自分だけのものでいてくれなければ心休まらないと懇願しはじめた。動揺していた私はそんな男の独占欲を甘く受け止めてしまって、家庭に入る決心をした。

それは同時に、夫の子を産むことでもあった。どうしてもこの男の子どもを産みたいという気持は定まっていなかった。結婚したから交わりを受け入れたが、二人の結合体を生み出し育てる覚悟にまではいたっていなかった。この結婚を長い年月持続させるという確信も、まだない。峻厳《しゅんげん》な事実だけを突きつけられて、生命を宿した喜びよりは困惑のなかに投入された状態だ。夫も、もっと二人だけの結婚生活を楽しみたい戸惑いがあるようだった。しかし、まるで自然の約束事のように、猶予《ゆうよ》ない生理変化だけは私の意思をまったく無視して順々と進行してきた。胎動を感知したときの驚きと感動は誰に教えられたものでもないのにおのずと湧いてきて、お腹のなかにいるらしい小さい生物をいとしいと覚えはじめる。女という性をもつ私の本能はどこかで秘かに、しかし確実に実在していたらしい。人間の精神や知性の内部には、種の保存を最大目的とする動物の機能が脈々と流れている。見えない自然の力が命じるままに下腹が日に日に大きくなり、不思議な感覚と変容だけが猶予なく襲ってくるのにただひれ伏しながら、やがて女の子を出産した。

（十四）

人の二十代はとても忙しい。恋愛、就職、結婚生活、妊娠・出産、育児。このわずか三年の急激な境遇と肉体の変化は絶え間なく押し寄せて、ありふれた道筋をたどる女の生活を疑う余裕さえ与えてくれないようだった。刻々と成長する赤子のかわいさには夫ともども夢中になった。ただ健康に育ってくれることのみに専念して、小さい生命に全生活を支配されてしまった。この急流のような時間の中で、いつしか夫と娘に離れがたく結ばれている情愛が熟成されてきて、家族という小さな城塞《じょうさい》に埋没していたのである。

やっと娘が保育園へ通いだすと、忘れていた私だけの時間が戻ってきた。それは小さい僥倖《ぎょうこう》といいたいほどの貴重な自由時間だった。四畳半の茶の間に差し込む春の陽差しを受けて、『新潮』を読みかけたり、最近加入した作文サークルへの原稿を書こうとしたが、頭がぼんやりしてまとまらない。思考の芯を失ったような状態で拡散してしまう。私はこんなになってしまった……。

主婦の日常の雑事——それは食事を作ることであったり、掃除、洗濯をすることであったり、なによりも赤子の育児であったり——、そのどれもが生活していくうえでは無視できないものではあったが、小刻みに寸断されながら連続し、一貫した思考を保つ時間を与えない。それがこの三年間の生活であった。やっとゆとりを得てみて、この短時日に変質してしまった自分におびえはじめた。

その年の暮れはことのほか厳しい寒波がやってきた。朝から水道も凍りついてしまった。京都の風習に習い、主婦として新年を迎えるために家中をきれいに掃除し、おせち料理を作る準備を滞らせたくない。そう急き立《せ》てられるほどに家庭の女になっていた。

しかしお湯をかけても何をしても、水は一滴も出てこない。困り果ててふっと、台所の小さい窓を見上げた。一面にどんよりと重たいねずみ色の分厚い空が無情に張りつめている。じっと見つめていると、このわずかな暗い窓の空間だけが私と社会とをつなぐ象徴と思えてきた。私はエプロンを着ていらいらしている。こんな姿で寒い台所に立ち、いつ溶けるともしれない水の流れ出るのを待っている。エプロンを主婦の制服などというらしいが、今はみすぼらしいだけだ。この姿のために若い日に学び、自由を求め、愛を探してもがきながら人生と対峙してきたのではなかったはず。そう思うと、ねずみ色の空と同色の失望と懐疑が瞬く間に身内を染めあげた。

この家事労働といわれる砂上に楼閣《ろうかく》を築くような主婦の明け暮れ。夫という男性に家計を依拠するだけの家庭生活。あれほど母から禁忌《きんき》された性が何の制限もなく公認され、むしろ「仲良く」と推奨されて快楽を求め合える結婚という不思議な制度。これらがなめらかに運用され、適温のぬるま湯に浸かって熱いとも冷たいともいえない平穏な日々の連続を、世の人は安定した望ましい結婚のあるべき姿と喜ぶ。子どもは想像を超えた贈り物であったけれど、ここにある妻であり母である生活、もっといえば主婦、保母、そして娼婦の明け暮れがたとえ満たされていようとも、私の生きるすべてなのだろうか……。

そのうえに、想像外の不快事にも悩まされていた。結婚は二つの異なった家の結びつきでもある。農村の小地主であったらしい隆司の生家と、商家の私の両親との生活意識や慣習の違いが疎《うと》ましいような感情のもつれを引き起こしていた。夫は無視すればよいというが、今は嫁という立場も付加されている。

この微温の結婚生活には私を満たしきれない、何か、忘れ物があった。この空間には、家庭を築き子どもを産む営みとはまったく別の、生命を燃焼させる何かが欠けている……。

何か、の正体を探して自問を繰り返し、何かを追い求めていると、やがては主体性の定まらないままに身を投げるように結婚した報いではないのか、と突き刺さるような後悔が私を責めはじめた。いいようのない空疎感はいっそう広がっていき、このままでは朽ち果てるばかりと思えるほどに身も心も萎《な》えさせていた。

座敷では、夫が娘の馬になって回っている。甲高《かんだか》い笑い声がかあいい。

（十五）

何年ぶりになるのか、河原町のいつもの喫茶店で会っていた。

良平は相変わらず黒っぽい背広、濃紺とグレイの細かい格子のネクタイをしていて、目立たないが行き届いた妻の手がしのばれる。この数年の間に、白い額にも目の周りにも老いが忍び寄っているのがすぐに見てとれたが、やはりなつかしい風貌であった。

あれから、私は若い男と結婚し子どもまで産んだ。女としての変容がどう映っているのだろうと探ってみると、良平のほうが恥ずかしそうに対座している。

いきなり、深刻気に「離婚したい」と告げた。

「そうか、もう三年になるか。そろそろ、飽きてくるころやな……」

良平はありふれた言葉をはいて、横を向いたままでしばらく沈黙していたが、

「あんた、結婚生活というもんと、はっきり決別する覚悟があるなら、それもええやろ。

しかし、もう一回したら、もっとええ男に出会えるかもしれん、もっと幸福な結婚生活があるかもしれん、と期待するのやったら……、

離婚するのは、止めといたほうがええと思う。

男というもんは、それ以上でも、それ以下でもない。結婚生活は、そんなもんや」

低いが強い語調で言い切った。まるで男である自らを吐露《とろ》するような響きがあった。意

外な言葉に、もうすぐ三十歳という私の年齢を考慮してそういうのであろうかと、

「私、次の結婚なんか考えていうてません。そんなこと」

と強く否定した。良平はこれを無視したまま、

「それで、子どもは、どうするね」

「むろん、私が育てます。父親を失わせるのは辛いけど……」

それは女にとって苛酷な人生を課すことになるだろう。しかし有無のない選択だった。子どもも捨て、一人で自由になるという選択もあったのだが、夢想もできなかった。

「ふうん、女の人ならそういわはるやろな。

それにしても、ご主人は別れたいと、思うてはらへんのやないか」

まっすぐに私を見ていった。

「それは……」

まず考慮するべきことであったのに、いまだにまとわりつくような夫の手の中で苦悶していた。そんな女としての私のありようは彼には容易に想像できるのだろう。夫の既得権を愛と言い換えた行為が疎ましくなっていたが、それは良平にはいえないことだ。

「よほど考えて、覚悟もしはったんやろうが……、

あんたもこの辺で、結婚は生活のためと、割り切ってみたら、どうえ」

意味が理解できずに、私が良平を凝視した。

「確かに、人間は、食べていくためには、実にくだらん、愚劣なことやと思うても、付きまとうような日常の雑事から逃れられん場合がある。そんなもんの連続かもしれんな。人間の生活は、こんなもんや、とあきらめるしかない……」

まったく、結婚生活はわずらわしい慣習や雑事をともなっている。

「これは、誰と結婚してもおんなじことや。

しかし、そんなもんに支配されたままで、埋没してしまうこともない。

愚劣な生活と一緒に、自分の人生まで押し流して、捨ててしまうこともないのやないか、と。

そう、思わへんか。

結婚生活は、食って生きていくための条件、そう思うて、割り切ることや」

これは思いもしなかった言葉だった。結婚を放棄してしか再生の道は計れないと一途に思い込んでいたのだから。

「割り切るって……」

それは雑事だけではない。夫という男との性のからみあいも娼婦のように割り切れというのか。さすがに質問はできなかったが、今はそれさえも断とうと思い立っている。

「そんなことよりも、あんたが生きていく芯柱になるもんはないのか。

つまり重心をみつけて、自分の中にもつことや。なにか、しっかりとした……。

好きな文学とか、芸術とか、

別のもんに置き換えるようにしはったほうが、ええのやないか。

もっと大事なものを、自分の人生の第一に据え直すことは、でけへんのやろか」

俗世を厭《いと》い、音楽に生きる重心を確保してきた良平らしい言葉だが、私はただちに納得できる心境にはない。

「あんたには、したいことが、ほかにあったはずやないか」

そういわれると、文学少女であったから文学を語ることは多かったが、それを創造するほどの力量は未熟であることも知っている。自らの好む道で創造的な仕事をする人生は理想だが、これを重心と表現しているのだろうか。言うは易く実際は至難な目標である。

「それは、創造の世界を求めよということですか」

「そうやな。

生きていく重心を、何か自分のしたいこと、やりたいと思うてることに置き変えるのや。

家庭生活のほかに、もっと大事なものを見つけて生きることを考えてみたら、どうえ」

人生の第一義をただひたすらに求めて生きよというのは正統な意見だけれど、今は模範解答すぎて頭にしか届かない。このすっぽり覆われた重い空疎感を塗り替えるには、まだまだ処理しきれない情念の残骸《ざんがい》が横たわっている。私は、それを今すぐ取っ払うすべを与えてほしいといっているのだ。

「僕は、離婚したら解決する、という問題やないと思うのやけど……。

そういうことは、人間が生きて生活していく以上、多分、どこまでいっても、付いて回ることやないのかな」

黙ってうつむいている私に、

「こんなことで、これからも何回も悩むかも知れんけど、

それは不毛やないかと思うえ。

あんた、もうこれで、止めにしといたほうがええな」

良平の言葉は心底から人生の嘆息が漂ってくる気配があった。この人の立ち位置からく

る醒《さ》めた心の闇を垣間見せられたように感じたが、なおも私の胸は晴れない。ぼんやりと彼の愛飲するゴールデンバットの煙の行方を追っていた。

重い足で帰途につくと、四条通りを霧雨が覆っている。二人ともかまわずに東へ向かって歩き出していた。やわらかな東山の稜線が墨絵になってぼやけている。祇園《ぎおん》界隈の赤い灯《ひ》、青い灯があやしい華やぎを漂わせはじめる時間だ。そこの横丁をついと曲がれば、大人の秘密を隠蔽《いんぺい》してくれる一帯である。下戸《げこ》の良平は「ちょっと、いっぱいやるか」と誘うことはない。私は、お酒でも何でも、今の気持を絡めとり強い力で圧殺してほしかった。もう後先のこともどうなってもよいと、危ういほどに心は傾斜していた。

私の境遇は前とは違う。大人の女として身をゆだねるように告白し、今の閉塞した境遇から脱出したいと告げた。その手にすがろうとしている。良平は男として心騒がさずに私を突き放し、生活していくためには家庭に戻れというのだろうか。このまま雨に濡れてみようと、かりそめにでもいって欲しい、そういってくれてもよいのに……。

良平は少しうつむいて静かに歩んでいた。この人はこんな私の危うさに乗じて付け入るような言動はしない。ただ扱いかね、しかと受け止めるだけの覚悟も決めかね、黙っているのかもしれなかった。良平のどこかに漂うじれったいような平静さ。男の誠実な分別なのか、ずるさなのか。これも、今はどうでもよかった。

しかし、私も、肩が触れるような隣にいる人に「どうかして」と叫びたい衝動を抑えて、歩道を見つめるように沈黙して並んで歩いていた。この期《ご》におよんでも、彼の腕を掴《つか》んで迫るような行動はとうていとれそうにない、そうしてもよいのに……。

するとふっと、過去にも今も、良平のこの境界を破らせる力が女としての私にはないのかという思いが突き上がってきた。それはもう悲しいほどに切ない逆流となり、立ち止まってしまった。

「どうする？　これから」

まっすぐ私の眼をみていった。

「帰ります」

そう答えていた。我ながら意外であった。良平は逆らいもせず、

「そうか……」

いつもと同じ声のように聞こえた。

良平は年上の男として、そうするのが女には無難な幸せと慮《おもんぱか》って助言してきたのだ

ろうが、夫の元へ戻れる余裕を残している私を見透かしていたかもしれない。そう思うと、恥ずかしくて頰が熱くなるのを覚えた。

それは違う。悲しくて、もはやあきらめに似た心情になって思わず答えていたのだと思う。それを良平は感じとってくれたであろうか。

生きるには今すぐどうにもならない現実があるのも確かだった。私はやみくもに離婚したいといったが、家を出てもあてはなく、とりあえずは実家へ帰るほかにないだろう。父は多分、

「娘も連れて、帰ってこい」

と待っていたようにいうだろう。しかし母は、

「まだ学校へ通う弟や妹がいるのに、あんたの面倒までみられへんえ。あんたみたいなきずい（わがまま）もんに、隆司さんもよう我慢してはるわ」

と、激怒するに違いない。無理解でデリカシーのない母との軋轢《あつれき》も自立するまでは堪えねばならないと思うと、三界に家なし、という語が冷酷に身に染みる。

実家に預けてきた何も知らない娘は、父や母たちと喜々として食事をしているだろう。

私は重い心を抱えたまま子を連れて家庭へ、夫との共寝に戻らねばならない……。良平は、それも生きていく条件として割り切れというのだろう。欺瞞《ぎまん》と妥協の上に成り立っているのが人間の生活、良平がそうであるように、私もまたのがれられない。だから、重心という形而上的《けいじじょうてき》な目標に精神をゆだねて、人間の生を美化せよ、といった。重心が私の心の空白を埋めてくれるのだろうか。

良平は重心という言葉をくっきりと刻印し、またしても私の逃れられない執着を確かめて去っていった。

（十六）

私の迷いがかえって二人を近付けたとも、結婚生活に対しての屈折のある意識を共有したからともいえるのか、またいつのまにか緩やかな逢瀬《おうせ》の習いが戻っていた。

間隔をおいて職場へ電話すると軽やかかな顔で現れた。双方に多少はアバンチュールの刺激感も加わっていたのではないだろうか。良平の変わらぬ抑制の効いた態度や会話は心和ませ、二人だけのひとときがいとおしい。夫に対してとは違う問いかけをその心に投げつけ、それが私の断ち切りがたい執着と受けとられ、いつしかあの人の執着をも引きずっていたのであろう。

いつの日であったか、免許を取ったばかりの良平が「琵琶湖大橋がきれいだ」といって連れ出してくれた。風立つ秋。比良《ひら》連峰の上にどこまでも広がる空は長い夏を見送って清澄さを取り戻し、あらい鰯雲《いわしぐも》に似た雲が浮いていた。紺碧《こんぺき》の限りない空と湖の風景が一体となった中に、まさしく二人だけの世界に切り取られていた。それは今という瞬間だけなのだとしても、たしかに存在していると何度も確かめたくなった。

「どうえ、このころは落ち着いてきはったか。ちょっと太ったみたいやな」

その日は白地の塩沢紬《つむぎ》を着て、薄藍地に墨色のバラを染めた帯をしていた。良平ほどの年齢の男なら、一見すれば夫婦の慣れ具合など見通せるであろう。全身をさらしているようですくんだ。

「夫婦は共犯者やねえ」

「へえ、どんなふうな……」

笑ってわざと聞いている。私はすぐ、口に出したのを後悔した。共犯者は何も夫だけではない。夫の胸のもとで、良平ならばとその面差しや中肉の体躯《たいく》を思い描くと、異質の感覚に燃えていぶかしがられるときがある。結婚していなかったころ、真夜中に良平を恋うと妻の傍らにいる痴態が浮かんできて、隠秘な辛さを味わったものだった。今なら、この人も、もし私への愛を宿しているなら、妻を抱きつつ錯綜させて刺激的な快楽を経験しているはず。ただの媚薬《びやく》ではない、禁断の迷妄を彷徨《さまよ》っているもののみが知る甘美な陶酔をもたらす。それぞれの夫婦生活が充実しているほど、無上の快楽が演出されるのであろう。触れ合わずとも、汝姦淫《なんじかんいん》するなかれ、という禁はとっくに犯していたのかもしれなかった。良平も私も倒錯した共犯者といえる。

「西山さんも、共犯者かも……」

というと、何の、という面持ちで凝視見返したが、すぐに連想できたらしく顔を薄紅色にした。それが白くなってきた髪にやわらかく映え、こんなことにも純真らしく顔を赤めただけで、卑しい言葉を発したりしない良平がなんとも好ましかった。

神を持たぬ者の仮想空間の愛は、予想もしない隠花を咲かせていた。

こんないびつな形の交情は哀しいという思いが迫ってくると、それを無理に振り払おうとして湖面のさざ波に目を落とした。人間の情念など無視して、風のまにまに寄せては返す波。この自在さは二人には許されない。また、のり越えようともしていない……。

帰途、良平は名神高速を一〇〇キロで飛ばした。制限を超える速度を知らせるピーピーという音が、その心中を告げるようで恐くさえ感じられた。男として相克するものがあるのかと見えるきつい横顔のまま黙している。私は今日のような大人の会話を交わすのは初めてだったと、この変容を恥ずかしく思い返しながらも、前方の線と化した道路だけを見て、良平がいつもつけている品よいポマードの男の匂いに浸っていた。

市内に入り、ドアを開けて出ようとすると、不意に、

「せめて、握手をして別れよう」

手を差し出したのは、良平の家に近い路上だったので一瞬ためらった。どこかに触れたい、そんな若者のような行動をとるのにも戸惑いがあった。

「西山さんの手、やわらかい」

男がこんなふわっとした手をしているとは、思いがけなかった。何の血の濁りもないとみえる白い手を両手で包むと、情念が血管の脈動から伝わって私の鼓動と響きあっている。全身に一瞬、熱い一体感が走った。

切なすぎる。これはあまりにも。

私は振りほどくようにして、路上に降り立った。そのまま車が去っていっても、着物の裾《すそ》が風にめくられるのも忘れてぼんやりと立ち尽くしていた。

あの人は止《や》むを得ない妥協以外は何もしたくないといいながら、実は、私がどんな形でも愛を貫くと言い張るのを期待していたのではなかったのか。啓示に似たひらめきが大きく膨らむと、身動きもならないほどであった。

男の夢、見果てぬ夢。良平も夢を見るときはあったであろう。

（十七）

夢には違いないけれど、私も見ようとしたのだった。

あれから、あのやわらかい手の感触を知ってからはいつよりも身近に肉感を伴って良平を感じていた。男と女の間に漂う隠微《いんび》でしかし甘い情感の熟成感というふうなものがあって、窓から吹き込む淡い風さえなまめく。間隔をおかずに会えば、もっと確かな良平を擁し、この愛も姿を変えるかもしれない。夢に引き寄せられそうな危険な香りに酔っていた。

そんな情感に体じゅうをすっぽりと包まれ、いやむしろ、その甘美な心地よさに身をゆだねて二、三日が経った。いつもより口数少なく家族と接していたが、そのわけに気付くはずはない。夫は、妻の心の深層を推し量ったりはしない男だ。良平がいったように生活のための同居とひそかに思い定めていても、夫は疑いなく三十代の夫婦生活に自信をもっているだろう。たとえ仮想空間の隠花を咲かせる夜はあっても、新しい高みへのルートを切り開くたびに未知の快楽の共鳴があり、おのずと深まる慣れ親しみを享受する日々を重ねるようになっていたのだから。誰もが子どもを介してつながる生命の快楽の罠《わな》に陥っていくように、ときには嫌悪しても忌避《きひ》できないままに私もまた変容していた。

共犯者の私に、この快楽が良平への愛よりも勝るものかと自問すれば、それは否である。では、ただちに放棄できる程度のものかといえば、それも否であった。官能の淵《ふち》の浮遊は夫という男によってもたらされたものだ。

だが、この心の甘美さは何だろう。ただ手をにぎりしめただけの大人の男と女ともいえない稚気《ちき》の行為がもたらした情感を、夫に抱いたときがあっただろうかと思い返す。これは良平だけがいざなう愛の妖気《ようき》である。

いつの間にか私の内には、実は分かちがたく夫と良平が共存していた。心と肉体が分離しているといわれようと、おのずと二つの異形の愛を同宿させている。二つの愛の果実をすっぽりと抱きかかえたまま、どちらも手放したくはない。

「ただ一度　ただ一人
若き日の夢よ……」

あの良平と一緒に見た「会議は踊る」の唄を思い出す。リリアン・ハーヴェイの一途な歌声。純粋な愛は唯一つ、ただ一人への愛が美しいと誰が決めたのだろう。学生時代は純粋という語を好んで使ったものだった。純粋な愛、と信じられたなら、どんなことも、盲目になる自己さえも許せると思っていた。

夫は、初恋を結婚という現実の形にした幸せな男だ。初めて異性を恋い求める未熟で激しい恋心を結婚にまで結実させることは至難である。いまだに酔いから覚めないように見える夫の愛しかたは素朴だが、その胸中にあるひたむきな純粋さだけは信じられた。純粋に愛されていると思えることだけがこの結婚の価値であり、存在の理由なのだから。

しかしその手の中にある私は、異形の愛を隠している。夫は気付こうともしない。夫の愛撫にどれだけ慣れようと良平に対する執着は確かなもの、どうしょうもなく居座っていて消えそうになかった。そして消したいとも思っていない……。

これを人は、不貞と呼ぶのだろうか。

（十八）

歳月だけは、容赦なく普遍の歩みを進める。

私にも、出会ったころの良平と同じ中年という年代が近づいてきた。世の中に対して理解できないことや反抗したいことが山ほどあって、それらと格闘し続けてきた青春は過ぎ去った。人の世の喜悲織り交ぜた経験を重ねてふと立ち止まるとき、自らに惑わない生きかた、後悔しない生き直しを何度も問い返してみたくなる、そんなときだ。

良平にいわれた生きる重心は惑わない生きかたと重なって、それを摑めば生きていく意味も充足されると信じて求め続けてきた。おのずと文学の周辺をさまよい、小説を書く友人に紹介されてある文学同人会に参加した。が、そこは偶然にも労働者や未解放部落を描く作家、トロツキーを信奉する学生がメンバーであった。何の政治意識もない主婦の私はよそ者のように浮き上がって、彼らを納得させるような小説を書けるはずもない。

たまたま煎茶道《せんちゃどう》のよき師に巡り合い、自由闊達《かったつ》な求道《ぐどう》の姿に惹かれて入門した。中国渡りの道具を使った簡潔なお点前《てまえ》もさることながら、四季の山草花、かすかな薫香、師のおおらかな書画、自由律俳句、そして俗に逸さない同座の会話……。それらを総合した芸術としての文人趣味に魅了され、夏炉冬扇の無用の美的世界に惹かれた。超俗の姿勢は無用者の思想と共鳴している。これを重心に据えようかとさえ考えてみたが、だがこの美的世界もまた、茶室や道具の設《しつら》えの費用、茶会や人間関係のわずらわしさなどから超越しては存在しえない。それでも世俗の中で自己も生活も変革し、道に専念するほどの屹立《きつりつ》した覚悟にはなかなかいたらない。といってこの世界の好ましさも棄てられないままに趣味と化した。

そのどれもが、ディレッタントの域を出ない彷徨《ほうこう》であった。

このころ、敗れた国は想像もしなかった繁栄を築きつつあった。

まだ住宅難が残っていたのに、私は幸運にも二十代で東山《ひがしやま》の中腹に小さいマイホームを得ていた。小市民の近所の人たちには、若くて体格の良い夫と元気に遊びまわる子との核家族は幸せそうに映っているようだった。その家の生活空間から、システム・キッチンや電気器具が木や土の匂いを放逐し、夫の収入でも生活の豊かさを徐々に実感していける、そんな時代だった。

ところが意識や道徳はいつでも社会の進歩の後追いをする。とくに古都京都では男尊女卑の通念がなおも堅固に生き続けていた。妻の外出を喜ばない男性が大半であった。主婦たちはささやかなサークルでも、一家の経済を担う夫の顔色を見ながら会合への出欠を決めている。そんな歯がゆい姿をしばしば見聞していると、主従関係のような結婚生活の実態に疑問さえ感じないばかりか、そうすることこそが主人である男を立てるよき主婦の道、と信じ切った女性が大勢を占めているらしい。

私の夫は、妻の社会参加に寛容な態度を示すのを、男の貫禄《かんろく》と心得ているふうであった。

家庭に入ってからは新しいことを始める前には一応了解を求めるように話したが、いつでもおおように肯く。少々の無理をいっても「惚《ほ》れた弱みやなあ」といってほほえむ。その表情を見ていると、なじみの芸者が温習会で踊るのを独占者の満足感に浸りつつ眺めている旦那衆の心持を連想せずにはいられなかった。男の器量を示しているのか、愛する女の庇護者としての自負なのか、いつも内心では可笑《おか》しくなるのだった。けれど、私も経済力を夫に依存して生きているもどかしい女の一人には違いない。

私の彷徨の一つに主婦の作文サークルがある。身辺雑記を書き、忌憚《きたん》なく批評をしあいながら生活を見つめなおすと謳う。短文を書くことで知的欲求を満足させ、同時に日常生活の不満を昇華する。中流程度の教養も人生体験もある主婦たちの無難な心安い集まりだから、むろん重心などとは考えないまま滞留していた。

そのなかの年配の友に私の日ごろの感想を話すと、

「そんなこと、いちいち報告する必要があるやろか。知らん顔して、好きなことしてたらええのや」

と、長年家事万端を仕切ってきた自信をもっていった。

このころ、主婦無用論を唱える評論が出てきた。サークルでは主婦の座が未来永劫磐石《えいごうばんじゃく》であるかのようにいっせいに強固な反論を唱えていた。女性誌が家事労働を金銭で計算してみたが、意外に高い数字の結果がでたことから専業主婦を正当化する議論もあった。ある新聞社が無用論に対する反論を企画してサークルに依頼してきた。私も内実では主婦というありようを懐疑しているにもかかわらず、しかしここに安住できたならどんなに心安んじられるだろうと思いつつ、執筆に加わって擁護の文章を書いた。

このあきあきするような細かい日常茶飯事を繰り返す主婦の座。ここで衣食住を確保しておいて自己の重心を求めて生きよ、と良平はいったのだが、まだ探しあぐねて焦るばかりだった。

桜のころ、良平と美術館へ行った帰途であったか、「久しぶりに哲学の道を歩いてみよう」と、若王子《にゃこうじ》の疏水《そすい》に沿った細い道を一歩一歩確かめるようにゆっくりと歩いていた。流れの水面は低く、覆うような岸辺の草と落花が流れを見え隠れさせている。

道半ばを下ると大正ロマンを感じさせる洋館の喫茶店があった。コーヒーを飲みながら今さらの不満を愚痴るように良平に話していた。二人の時間にはなるべく生活臭を持ち込まない、不文律のようなものがあるのだが。

「わからんでもないが……。

理解のある男で好都合やったやないか、あんたには」

軽口でいった。

「家庭も、それなりにええとこがあるのやろうが、大概《たいがい》の女の人なら、そこであきらめてしまわはるのやないか。

毎日のありふれた暮らしに慣れてしまうと、そのままでいてもええのやから、ことさらに何をしよう、これをしようという意欲も、失うてしまうのやろなあ」

「家事労働が、女をやわにする」

「そういうことになるのかなあ。

けど、自由に好きなことが許されるていうても、誰でも高尚《こうしょう》なことをできるわけやない。

それを、あんたはできるやないか」

良平は芸術とかを、高尚という言葉で表現する癖がある。

「さあ、私のしてることなんて。いつまでも、ただ迷うてるだけ」

高尚といわれてみると、恥ずかしい。本気でそういってくれるのかと疑ってみる。

「主婦は籠の中で、好きなことさえずってるようなもんやね。

西山さんの奥さんは、どうしてはりますの」

初めて尋ねた言葉だった。

「うちはなにしてるのか……」

いかにも関心がないふうにして言葉を捜している。

「いまだに子どもに夢中や。もう大学へいく歳やていうのに。

「どうして女の人は、あんなに子どもに夢中になれるのかなあ……」

良平に対してもそうであるはず、という言葉は封じた。女が愛する男の子どもを産みたいという本能といってよい欲求をもつのに対して、いつも良平は理解しがたいと否定的な言辞を吐いてきた。妻の強い願望で男の子を一人もうけたのに、心底では子孫を残す意味に深い懐疑感を抱いているように感じる。良平流の厭世観《えんせいかん》のせいと理解してきたのだが、父親としてはどうなのだろう。

「自分とおんなじコピーを作るだけやのにねぇ。そやけど、無償の愛を持てるのは、子どもだけですさかいに」

「男では、あかんのか」

「よういわはる、そんなことを」

苦笑しながら、

「無償の愛か、なつかしい言葉やなあ」

「『春琴抄《しゅんきんしょう》』のお琴と佐助」

「三高のときに、読んだかな」

「けど、お琴は子どもを捨てはった……」

良平にとっても、無償の愛という言葉の美しい響きは郷愁を誘うものらしい。若い日、誰にそれを抱いたのであろう。もしやして、私にも求めたときがあったかもしれない、それは男のエゴイズムだとしても。その私の良平への執着はといえば、もはや無償の愛とはいえなくなっている。良平と同じように生身の澱《よど》みに浸り切りながら、わずかな逢瀬で消しきれない執着を結び交わしているにすぎない。そう顧みると、終わりの桜を散らすさびしい風が胸の内にもひと吹きした。

「あんたのご主人も好きなことさせて、無償の愛やないか」

「また、冗談いうてはる」

良平にしては絡むような言いかたであった。一瞬湧いた、眼の前の女を独占している男への妬情であろうか、珍しく心のざわめきをちらつかせた。

「好きなことしてても、自立でけへん女の立場って、やっぱりおかしいと思うな。歴史的な女の位置からくるて、いわれるのやけど」

「また、難しいこといわはるのやな。

けど、自立、自立って、そんなにあんた、自立したいのか。

経済的に自立したら、何ができるのえ」

虚を突かれたようだった。

「自立がそんなにええもんやろか」

「主婦も、遊んでるわけやないのやけど……」

つまらない言い訳をしていた。

「それで、ええやないか。

自立したら、生活の愚劣さも、何もかも、消えていくとでもいうのか。

まだ、定まったもんが無いさかいに、そんなことをいわはるのや。

ふっ切れるもんが、みつかってへんのや。

そうやないか」

静かな良平から吐き出される鋭い言辞の痛さを受け止めざるをえなかった。

私にとって経済的自立は解放志向を含意しているのだが、確かな手ごたえを摑《つか》めない模索の日々はただ無為《むい》に生きているようで、時間だけが空しく消えていった。

（十九）

それでも私は、おおかたはよき主婦らしい顔をして、家庭を粗略にはしない日常を送っていた。誠司〔隆司のことである――編者〕はいつも、家の中の力仕事や手伝いはいやな顔もせず助力してくれた。また私が判断に迷っている生活上の問題には、日ごろの甘い夫のどこから出てくるのかと思うような明確で決定的な判断をはっきりした口調で下した。誠実な歴史的な男の役割からくるのだろうが、そういう夫は好ましいとさえ思ってきた。誠実な夫の愛には応えようとする私自身の生真面目さがよき主婦らしくさせているのかもしれないが、それだけではない。なによりも、無条件に二人で生み出した子どもの順調な成長に愛情と責任をもっていた。夫は娘を激愛している。日曜日には、まだおしめがとれない幼い娘を動物園へ連れていって何時間も遊んできたりする。野菜嫌いの娘に根気よく遊ばせながらキャベツを食べさせた。男と女が結婚し、その意志はまったく無視して二人の一存だけで誕生させた生命に対し、責任を負うのは人倫の根幹となる種の保存本能である。愚劣な雑事に悩まされていても、日々めざましく成長していく娘や真面目に働く夫との家族の主婦を演じるのは、それなりに張り合いがあって心地よいものである。呼吸をするように知らずしらずのうちに生気ある日常の轍《てつ》を回転させていた。

良平とて、同じなのであろう。東京にいた良平の元へ家出同然に慕ってきた情熱的な妻は、復員後、兄の家に居候していたのに旧家の広大な住まいを与え、献身する。子どもをつくるのに否定的な良平だが、子どもがもたらす可愛さ、成長の驚きは体験しているはずである。なりゆきで築いた家庭であったようにいっても、誠実さを幾分なりと備えている人間ならば、この境遇と愛を与えてくれた真摯《しんし》な妻に対して残酷な態度をとれるはずがないではないか。私にとってはそれが動かしがたい障害物であったのに、誠実という陰影を伴った人格に対する安堵感《あんどかん》となっているのも事実であった。

安住に慣れれば堅固に思えるのが家庭という城砦《じょうさい》だ。かつて良平は、それを破壊するのは「恋愛の芸術家だ」といった。愛であれ芸術であれ、何かを超えなければ芸術家にはなれない。超えねばならない峻厳《しゅんげん》な山や谷の彼方《かなた》にだけ芸術は存在するものなのだろう。

だがいつくるか不明でも、飛躍のときを秘めているのもまた人生だ。

（二十）

ディレッタントの私に、思いがけず家庭から一歩踏み出す転機が訪れた。まだ重心の定まらないもどかしさがそうさせたのかもしれなかった。

六〇年安保闘争の余燼《よじん》が残る季節、つい近くに下宿する同窓の友・葉子が親密に出入りしていた。彼女は独身で、教員をしながら小説を書き、有名な文芸誌の評論募集に当選し、前衛芸術家に肩入れしたりしている。率直な言葉と行動で自由に生きているのが羨ましかった。それは私が実行できなかった生きかただ。その葉子が、教職員組合から安保反対のデモに参加したころから急速に思想が左傾し、前衛党に深化して変化した。今までは文学や芸術についての話題が主流だったのに、新しく学習した前衛党の理念を、自らの思想を確かめるかのように熱っぽく語りにくるようになった。

寝入った夜中、門口を葉子が叩《たた》いたことがある。

「活動で遅そうなったら、食堂がみな閉まってるねン。お茶漬でも食べさして」

分別のない仕儀であったが、いまやすべてを前衛党に賭《か》けようとしている真摯な姿をみていると、助力せずにはいられなくなる。夫もいやな顔はしなかった。

私は、十五歳で敗戦を迎え、あの飢餓や恐怖に陥れる戦争をした大人たちの重大なあやまちを激しく憎んだ。その大人たちのする政治に不信をつのらせ、どんな権威からも無縁でいたいと決めていた。学生運動にも加わらず、むろん戦後隆盛をみせた前衛党の活動にも関わりなく、ひたすら文学や芸術の美的世界を至上とした。それは一種の逃避的なニヒリズムであったが、良平の無用者の思想への共鳴にも連なっている。それを葉子は笑った。しかし葉子の熱心さに感化されたのか、徐々に社会主義の思想に引き込まれ、プロレタリア小説を手に取った。そこは私にとっては新鮮な未知の大地であった。

折柄、前衛党が新しい婦人組織の準備を進めていた。葉子は家庭の中でいくら政治を嘆いてみても、行動を伴わなければ茶の間の批評家のつぶやきに終わってしまう、と婦人運動への参加を熱っぽく誘い始めた。予想もしない世界だから、むろん私は躊躇《ちゅうちょ》していた。そして、いつまでも社会の埒外《らちがい》にいるニヒリズムを葉子は痛烈に批判し続けた。私にも戦後政治に対する不満はあった。主婦としては平和、生活擁護などという趣旨には賛同せざるをえないと肯定に傾き、ようやく行動の決意が生まれるようになり重い腰を上げた。

婦人活動に踏み切って一歩家庭の外へ出てみると、まず社会にはこんなにも多くの要求運動があったのかと眼を見張った。道路拡張反対、私鉄の駅にエレベーター設置を、保育所の増設を……。それぞれの運動には、今まで出会ったことのない、思想性をもった熱心で真面目な女性たちがいた。別世界が開けたような新鮮な驚きの連続となる。やがて葉子とともに近所の親しい主婦たちに働きかけ支部サークルを作った。私の家は東山の中腹にあり、長く水道の出具合が悪かったので改善署名の活動を地域に広げると、すぐに成果がでて市が水道工事を始め、水がほとばしり出た。また炎天下に汗をかきながら初参加した原水爆禁止運動のデモでは、そのささやかな行動に手ごたえさえ感じられた。どんな些細《ささい》な運動でも社会や政治を変えるのには不可欠な一歩だと、切迫感をもって考えるように変わり、行動に出かけずにはいられない。

主婦として必要最低限度の家事以外のすべての時間をかけて集会、学習会、示威行動へ、ときには娘を連れて出かけ、生まれて初めての経験の渦中を突進していった。これまでの家庭生活は一変したが、夫は内心はともかくとして、相変わらず寛容であった。問いかけると「政治活動は自由やから」と公式的にいうが、夫も葉子の影響を受けていたのであろう。

活動に走りまわって首がまわらなくなるほどの疲労を溜《た》め込み、ときおり整体師を呼ばねばならないほどでありながら毎日が生きている充足感に満ちていた。運動への献身的な生活を体験すると、生活の変革なしに社会変革はありえない、すべてを賭けて婦人運動に半生を捧げようという情熱さえ湧いていた。が、それは婦人運動といえども社会的には少数左派の政治運動に属し、激流に身を投じる覚悟を迫るものである。私にどこまで耐えられようか……。予測もつかない未来だったが、生きる重心にしようかと時折思うほどに傾斜を強めた。だが一点、どうにも心に引っかかるものがあって、前進に制御をかけていた。

深入りしていくと避けられないのは政党との関係だ。あらゆる社会運動の背後に政党があるのが近代社会だろう。この新しい婦人組織でも、運動の方向づけを決する場面になると、前衛党の方針、プロパガンダを支持する多数派がいつの間にか現れてくるのに気付いた。当初には「一人ひとりを大切にしましょう」、小さい支部サークルが基本だという目標を確認し合っていたから、緩やかな大衆的婦人組織と想定していたのだが、運動体が進み始めると少し違う。選挙になると政党支持を決定しようとする動きが明らかになった。早急すぎる。しかしすでにどこかで見えないレールが敷かれていて、その上を走っているような気配さえ感じられた。新しい組織というのに、大組織の既成の運用方法、上意下《じょういか》達《たつ》の方式が当然のように有要されてくるらしい。私のわずかな運動の経験からは、それは逆だと思えた。組織員の意思決定が先であり、意思は自由が基本であると。その手続きを丁寧に実行しなければ新しい大衆組織とはいえないのではないか。それにはややこしくて時間がかかるが、ここを無視すると組織員はいつでも支持だけする「その他大勢」になってしまう。そして世の中もいつまでたっても変わらない。大きい組織とは、どこかで大衆を置き去りにしながら進行する習性を内蔵しているように見える。

私の内部の疑念はくすぶらせたままにして、情熱的に多忙な日々をやり過ごしていた。そこへ、総選挙。東京の本部は会員に諮《はか》ることなく前衛党推薦、支持を全国の支部へ指示してきた。これは衝撃であった。

（二十一）

ふと立ち止まってみると、しばらく疎遠だった良平が蘇《よみがえ》ってきた。会うとまたしても迷路の出口を求めるように、この苦渋を話していた。

「しばらく会わなんだが、そんなことしてたんか……」

感情を露わにしない良平は静かに嘆息した。

「僕は、前から前衛党を支持してきた。

兄貴の同級生が、特高警察にひどいめにあわされたんや。拷問で獄死してる」

治安維持法のあった昭和の思想弾圧を学生時代に目の当たりにしていたのであろう。そのうえ十五年戦争では、中国大陸に兵士として駆り出された世代である。現在の良平からは想像できないのだが、カーキ色の軍服を着て戦場も終戦後の捕虜生活も経験している。暗い時代の抗し難かった非情の運命を思えば、このアンニュイの人にもこんな抵抗のしかたがあったのかと、苛酷であった青年期の一端に触れたようだった。今まで二人の間では、芸術を至上とする共通認識があって、政治を語る折はほとんどなかったが、無用者の系譜は社会や権力に対する無抵抗の抵抗、強烈な自己保持の姿勢であるといえる。だから、あの戦争に反対した歴史をもつ少数派の前衛党を迷わず支持してきたのだろう。

だが良平が体験してきたように、自己を守ることも、逃避することも小さな個人の心の中でだけ可能になるのが現実社会の姿であると、今の私は考えるようになっている。時には、権力が有無をいわさぬ暴力で民衆を激流に押し流す。それが歴史だ。良平のように秘かに抵抗を示すだけではいつまでたっても社会は変わらない。

「私が前衛党員になればよい、すぐ解決するやないか、という人もいはります。それは、ちょっと違うと思うなあ。

そら、悲観主義にならずに、運動はせんといかんのやろうけど……。運動って、政党ってどういうもんかなあ、と思うて……」

私が混迷しながらいうと、

「僕は、わずらわしいことには立ち入らん主義やが」

と、良平らしい前置きをして、

「なんの抵抗もできなんだ時代からみたら、今はええ社会になった、そういえるのかもしれんなあ。少なくとも戦争反対はいえる。

僕は後《あと》の方《ほう》は北京の司令部にいたけど、中支の前線の村に駐屯してたこともある。戦争は人間の醜さを最大限に示す行為や。二度と軍隊には行きとうない。

そやから、誰かが声を上げて、抵抗せんといかんのも、歴史の教訓やと思う」

こんなことをいえる人だった。

「けど、その抵抗のしかたが幾通りもあって、ややこしい問題を引き起こす。そこでまた争う。政治の世界はとくにそうやが、わずかなことで競争して、ヘゲモニーをとりたがるのやなあ。

そういう人間のあさましさが、僕には、かなわん。

ただ逃避してるだけやといわれそうやが、立ち入りとうはない。

けど、あんた、ご主人は何もいわはらへんのか」

「主婦にも、政治的自由はありますえ」

茶化すように答えたが、良平までもが夫を配慮する。まだ夫は主人なのである。私は良平のこと以外は互いの了解を共有するのが家庭生活のルールと定めているが、夫はいつでも妻と相談して物事を決めているとは限らない。玄関から一歩外に出た夫の本当の姿を知らない。事前の話さえなく突然決定して驚かせることはあった。夫もまた男尊女卑の意識を底流に長男として育てられてきている男である。それだけではない。今は政治の使者のような葉子が平穏な家庭に入り込み乱舞している状態なのだったが、まだ明確な言葉では説明しにくかった。

「ふうん。よけいなこと、きいたなあ。

けど、抵抗もええけど、政治意識とは別に、あんたが納得できんのやったら、そんなややこしい組織には引きずりまわされんようにせんとあかんな。

僕には、あんたに政治活動がふさわしいとは、どうしても思えんのや。そやから、そんなわずらわしい世界にかかわるよりも、もっと、きれいなもんをしたほうがええ。高尚なことをしたほうが、ええのに……」

私が籠を出てはばたきすぎたのに戸惑った顔をして、

「それにしても、あんた、自分を、もっと大事にせなあかんのとちがうか。渦の中にいて自分を保つのは、難しいもんや……」

再び嘆息し、

「この際、思想はおいといて、ちょっと離れた位置に身をおいてみるのも一つの方法や。ありふれた言いかたやけど。

あんた、疲れてるのや」

「自分を大事に」、そう、私は自分自身にも変革を課し、ずいぶんと無理強いをしてきた。

この世界にあまりにも無垢《むく》で飛び込んでしまったが、無垢は、無知にも通じるのだろう。無知だからといって無私にはなれない。新しく知った思想を肯定できると信じひたすら行動していても、それを具現する政党という組織の運用方式にはことに無知であった。ところが、そこに疑問を生じわだかまっている。これを無視して疾走しようとすると目隠しをしたままで進む状態になってしまう。小さい私と巨大な組織が不協和音を奏でているようだ。良平がいうように立ち止まって、そこに介在する政党と大衆運動、個人との関係を整理し直す時間が必要なのかもしれない。そしてなによりも、目先のプロパガンダにゆるがない自己の思想の構築もまた重要な課題であろう。

もう、自分に無理強いをして安易に突進したり、妥協するのはやめよう、と決心した。二、三の運動仲間が理解を示しながら真剣に引きとめに訪れたが、私は運動から身を引いた。

葉子も説得を続けていたが、なぜか突然、左京区《さきょうく》へ転居してしまった。

近所の運動仲間から、

「息子が、あんたのうちには、奥さんが二人いはるのやなあ、ていうてるえ。あんたが横浜の親戚へ行ってるときも、夜にきてはったんやけど」

と忠告するように告げられたことがあったが、「まさか」と否定した。私には革命家になろうとしている葉子への畏敬《いけい》と信頼があり、いささか夫への自信もあって、不思議なほ

ど嫉妬心とは無縁であった

退会し、地域のサークルも解散した後には、あまりにも懸命に運動に没入したためか、予想をはるかに超えた手痛い挫折感が襲ってきた。運動という行為には当然社会的責任がともなうから、無知だったからといって許されたりしない。社会的責任を棄てるうしろめたさが追い討ちをかけ、いっそう苦しめる。思想を変えたのではないといくら言い訳してみても、挫折は敗走に違いなかった。

政党への疑念、目標の喪失、未熟な自分への悔恨、そして日々の生活にぽっかり空いた空虚……。病院では十二指腸潰瘍《かいよう》と診断された。まるで石塊を抱えているような日々は、誰にすがれるものでもない。息をひそめるようにして、人間として負わねばならない重い苦悩に耐えるほかなかった。夫は、

「そうか、やめるのか。

自分で始末つけなしようがないな、自己責任や」

と、いつも改まって意見をいうときの調子で冷静そうにいいながら、硬い身体に挑むように深く抱いた。こんな行為の陶酔で一瞬だけでも苦悩を忘れさせようとする思いやりを感じたが、頭をかすめて葉子が走る。葉子とのことをカモフラージュしようとしているの

ではないかと思うと心はしらじらと冷えてきたのに、嫉妬の感情は湧いてこなかった。

思い定めようとしていた道もまだ見えず、呆然自失《ぼうぜんじしつ》の状態だったころ、私を悩ませ続けた母が心臓発作であっけなくこの世を去った。母は古い道徳に支配されながら愚鈍にそれに安居し、次世代の私にそれを強制して何のためらいももっていなかった。母との葛藤がなければ私の意識も人生も違ったものになっていただろう。かねてから私の文学の出発は、この矛盾に満ちた愚かな「母の記」を書くことからと想定していたが、その死の深い悲嘆は想像をはるかに超えた。母の醜さはとうてい書けない、一切の筆を折ろうと決意させるほどであった。憎悪と、私という肉体の血からほとばしる愛着との混ざり合った深い嘆きは、挫折の苦悩と混ざり合ってさらに重く沈み込ませる。

しかし悲しみの後には猶予なく生活の変化が待ち受けていた。父の世話、古い商家の内々の差配が長女である私の肩にかかり、私の家庭との両立に一身を全回転させるような忙しさになった。それがかえって、幾分かでも苦悩を和らげてくれたようだった。

（二十二）

身内の雑事に追われる多忙な日々、ふっと思い出すとカタルシスのように良平に会いたくなった。

日常の隙間を不意にこじ開け、あの人への思慕が変わらぬ音調でよみがえると、良平の職場へ電話する。手紙はなるべく書かないようにしていたので、これが二人をつなぐ唯一のルートだった。電話をしなければ、それで終わるような危うい関係でもあった。間隔は私の情感次第だから一定しない。一年近くも会わなくても、良平から催促の手紙もなかったのは、いかに配慮があるとしてもその抑制はいつも不満であった。

間遠に電話をするとき、もう忘れられているのではないか、面倒くさそうな声に変わっているのではないかと初《うぶ》な不安がよぎる。職場だから少し堅苦しく「いいですよ」と快諾してくれた。これは一度も変わらなかった。私は安堵して、どの着物を着ていこうか、髪形をどうしようかといとしい人に会えるときめきに変わる。この秘密めいた情感の甘美さもこの逢瀬をいつまでも消えさせない魅力であろう。

あれから、あの人を知ってから、もうどれくらいの歳月が流れたのだろうか。切れ目なく続く時間は長いとも短いとも思えた。

私はギリシャ彫刻を思わせて美しい人と思っているが、彼を知る人は変わった容貌だという。それでも、私にとってはいつまでも美しい男だ。その白皙《はくせき》の額にかかる白髪はさらに真っ白になり、しまった唇の紅色も薄れた。どうしようもなく深まりゆく老いの変身は、しかしどこか男としての重厚さも加えていた。美しく老いるのは人為だけではどうにもならないこと。それがうまく進行している姿を秘かに眺めていると、なおも色褪《いろあ》せない執着がうずいてくる。

私もとっくに毛を染めて、こげ茶色の小紋の着物が似合う年ごろになっていた。帯丈が余っていたのに、このごろは足りないほどに肥えてきた。さして美しくもないわが身ながらいわゆる女としての成熟期にいたったのが、あの人にはどう映っているだろうと思う。いつの逢瀬でも、良平は出会った瞬間はにかんだような笑みを見せる。この人が生来持っている品性のよさだと感じさせてくれる一瞬である。ことさらに近づくこともなく、淡々とした間柄のままだ。

良平の生活に変化があった。

「帝大出の僕が課長にならへんのはおかしいていわれるね。わずらわしい雑用が増えるだけやのに」

演奏と事務職の兼務がさらに繁忙さを増し、出世競争から離脱しているつもりの人は困ったようにいった。音楽を手放さずに、生きるため、家族を養うために職場の一隅でひっそりと職務を全うしようとしていたであろうに、それなりの地位に就いたらしい。最近、ドライブが楽しくなり、また妻から健康維持のために漢方薬を飲まされていると嫌でもないふうに語るのを、この幾歳月の重みとともに聞いていた。この人も時代と老いに少しずつ侵食されてきている。無用者の透明に屹立《きつりつ》した精神は色あせてきたのであろうか。それはうらさびしいようだが、しかし私も批判できる位置にはいないと思う。

もう何年にもなるのに、会うのは土曜の午後。いつものように岡崎の美術館へ行ったり、北山《きたやま》の古寺を訪ねてドライブしたりして、古色を宿す喫茶店でコーヒーを飲む。コーヒーには、学生時代を思い出させる香りがあった。そっと目を閉じて懐かしみ、目を開けると、なおも端正な良平が前にいた。おおかたはなるべく身辺雑事の猥雑《わいざつ》さを避け、美術や音楽の話題を交わすのが慣わしになっていて、会話が途絶えることはない。塗り替えられることのないやさしさが漂い、心のうちを甘い情感が満たしていると実感できる至福のひとときであった。

「一度、食事でもしよう」といいながら暮れなずむころになると、互いの家庭に無用の波風をたてない配慮がなおも働いて帰路に向かう。その実は、夜の危険な香りのする時間を無意識に避けようとしていたのだ。夕ぐれの別れ際に良平がなんとなく立ち去りかねるふうにしているのに気付いていても、固い顔つきになって別れを告げたりした。それ以上には良平は何もいわなかった。もし強いて引き止めたなら、私は拒否などできるはずはないのに。だから若者のように肩を寄せ合いながらわけもなく夜道を歩いて、暗闇の中で恋人の瞳のきらめきを探し合う、そんなときめきはついに共有されないままだった。

もはや私も、男と女の愛はきれいごとばかりではないのを少しはわかる年齢になった。良平に離婚を止められてから、結婚生活を二十年も続けてきた。夫とは小さな意見相違が性格の不一致を際立たせ、「離婚しよう」と対峙する場面は何度もあったが、子どもという生命への責任が最後の決断をにぶらせた。生きるための妥協だけではなく子への責任が加わり、そこに思いいたると忍耐が顔を出す。そしていつの間にか何事もなかったかのような同衾《どうきん》を繰り返している。ときにはやり場のない感情を溜め合って、命を奪い尽くすように限りなく濃密に、それが愛なのか憎悪なのかも分からない官能に嵌《はま》って言葉を失う。

良平もこの世界を知っていて、私にも味わわせようと思ったのだろうか。しかし人間の性の闇を貫く快楽の深みには、いつか滅びに向かわせる予感さえ抱かせる。

そうだからこそ、良平との変わらぬ静穏が好ましい。

（二十三）

それでも私は、こんな夢をみていた。

もし、良平とだけの愛の時間が得られたなら、それは透明な空白の一日。

家庭も子も、倫理も、すべてを忘れ去って、
ただ二人の愛のみで、美しく飾ろう。

銀色の紗の懸かったような世界の中で素のままの二人になって、
今まで秘匿してきた愛のありったけを投げ出し、溶け合う。

そして、この痕跡はなにも残さない。

あれからの長い逢瀬は、肉体を超える精神性、心の愛のありようなどという意識もなく、ことさらの言葉も要求もないままにただ淡く、しかし途切れなかった。道徳に対して

反逆しないこの均衡は、あまりに無難過ぎる。今さらに良平との愛のかかわりをたまゆらのように夢みてロマンチックに描いてみるのは、愛の深みを求める情念がどこかで燃えているからなのだろう。

私も女としての盛りの生命との惜別におそれを感じはじめる年齢になってきた。女としての私も、男としての良平も、やがて、もうすぐに、老いる……。老いがどのような変容を強いるのか。まだはっきりとは想像できないが、老醜と滅びに向かっていることは確かだった。だからせめて今、あの人の肉体に触れてそのぬくもりを確かめておきたい……。

長い結びつきのなりゆきでは女の私が強く働きかけてもよかったであろうに。こんなたくらみじみた情念が共通してあったのかどうか、確かめるふりさえしてこなかった。男である良平に、すぐ傍らにいる私をかき寄せたいという欲情が起こらないというようなことはまずないであろう。私の女としての自尊心からも、愛と共存する欲情を抱かせないとはいわせない。しかし、恋の極みが情欲でなければならないのだろうか。

危うい心のゆらめきを秘しながら、私から言葉に出して否定されたならあまりにもみじめで、反対に肯定されたなら、きっと禁断の官能に酔いしれ、夫も娘も捨て、もはや良平の妻も見えず、終わりのない世界にどこまでも落ち込んでいくだろう。想像するだけでもそらおそろしい。だが、身を震わせたいほどに魅惑的な夢想であった。

それにしても、人間の、ときにはため息をつきたくなるような長い一生。その有り余る時間の中で、良平も望むなら、愛のためだけの空白の一日があってもよいのにと思う。あとは無と化し、消滅させるだけの夢のただの一日が、欲しい。それがなぜ許されないのだろう。やるせない夢を描いて虚空に追い求めていた。

けれども、これを現実とするにはまさしく愛の狂気と共犯者の決意が必要になるだろう。ただの一日であっても、美しいといえる世界を確実に演出するには、良平がいう「恋愛の芸術家」の情熱と意志が求められる。そして空白の逢瀬とするには、どこまでも巧妙に消し去る知恵がなければならない。いまや、そんな覚悟は、良平にも私にもあるのだろうか。


私はこの愛をどこまでも秘匿《ひとく》し、そのまま消し去りたいという強い願望を抱いてきた。誰の目にも、誰の口の端にもさらしたくない。仮想空間に咲くもろい隠花は、せめて泥にまみれず、あくまでも二人だけの美しい花であらねばならない。

これは秘めごとなのだ。

いつであったか、「小説を書く資料にしたいから」といって、これまで良平に送った手紙の返却を求めた。何かの手違いで良平の妻が目にしたら……。むろん夫も。そう想像するだけでも、消え入りたいほどに耐えがたかった。

約束の日、

「持ってきたけど。どんな小説を書くの。

七十くらいになって読み返したら、楽しいやろうな、と思うのやけど」

と、惜しそうにいった。

このとき、七十歳は良平にとっても十年余り先。どんな老いが待ち受け、果たして生きているのか。そして二人は今のままなのか、どうか。茫漠《ぼうばく》とした未来を想定して言ったのに少し驚いていた。七十歳は遠い、あるのはあやふやな現在だけなのに……。めっきり増えた良平の額のしわを見ていた。

「私、私小説は書かへんから。安心して」

取り戻すために表向きの理由をいったに過ぎない。良平なら私の隠れた意図など察知しているであろう。だから持ってきたのだと思いながら、ハンドバッグにしまった。

その夜、夫が寝しずまると、赤い山茶花《さざんか》の咲く小さな庭で数篇の手紙を燃やした。若い日から良平への思いのたけを込めた証し、私の情念の詰まった炎の光彩をいつまでも胸底深くに留めておきたいと、悲しいほどの感傷に浸って見つめていた。

やがてひらひらとした燃え殻は、晩秋の夜風に飛び散っていった。

（二十四）

一九七五年、女性の歴史を問い直す時代は物音もせずやってきた。

国連の提唱した国際婦人年は、性差別のない平等実現をめざすグローバルな運動として展開されていく。

この機に、「女だから」といわれ続けた痛恨の数々の記憶が蘇る。私が上級校へ進むのに同性の母が反対したために払ったあの無駄なエネルギー。たとえ卒業しても極端に狭い女性の職場と不安定さ。学友たちの多くは学歴を嫁入り道具の一つにしてできるだけ有利な就職をするように結婚し、男性の経済的庇護が大きいほど幸福といわれる人生を歩んだ。たとえそこに夫による喜びや満足があろうとも、生まれながらに立ちはだかっていた不条理が消え去ったわけではない。それを、わずかばかりでも解消しようとする糸口が開けてきたのである。差別への積年の怨念も秘めて、女性が主体となるための多様な組織や運動が盛り上がりをみせ、それは確かな潮流となっていった。

この流れの中から、これまで省みられることの少なかった女性の歴史を、女性自身の手で創り出そうというグループが結成された。あの挫折した婦人運動の仲間たちが忘れずに誘ってくれたのだ。私はすぐ参加した。

新しい女性の歴史を創る可能性に胸躍らせると、婦人論や関連本を買い込んできて夢中で読みふけった。これまで学んだ男性によって作られた知識や思想、そして主婦という女の地位に安住した私の生きかたも再考し、再構築しなければ無意味になろう。それは新天地を開拓するような新たな作業と思考の転換が必要であった。少女期から醜女《しこめ》の深情けのように追い続けていた文学への夢はきっぱりと捨て、もう迷えぬ道に向かっての一歩を挑むように踏み出していた。良平に生きる重心を持て、といわれてから何年経ったのだろう。長い彷徨《ほうこう》は終わり、求め続けた目標が明確な一筋の光明となって現れたと実感していた。

これが遅いライフワーク、良平のいう重心との出会いになったのである。

だが、これとても男性によって、夫によって成り立つ生活があっての重心である。夫は

「また何を始めるのか」と思いつつも相変わらず寛容に、もはや慣習のように頷いてくれたが、これまでの固定化された男と女の仕組みも問い直し、改めて女の生きざまを綴り直す道となるはずだ。私も変わらなければ……。

早く良平に知らせたい。

会って、学問として新たに認知されてきた女性史について説明すると、

「やっと、本命に出会えたんやな。

そら、よかったやないか」

と、いつになく大仰に喜んで支持してくれた。良平がこんなに喜色を浮かべたのは初めてではなかったか。

「これから、女の歴史を書いていくのか。

あんたには、ちょうど、適した道を摑んだ」

歴史を専攻しただけに何から手がけるのかとか、方法論はとか的外れでない質問が続き、私の熱気とともに快い会話がいつもよりはずんで饒舌《じょうぜつ》になっていた。

「僕なんか、封建的な男やと思うてはるのやろなあ」

ふと苦笑しながらも、良平自身が古いタイプの男性であるのを告白するようにいった。私はそのありふれた言葉の意味合いを噛《か》み締めずにはいられなかった。古いタイプの男だから、愛の自由をかざしながらもどこかで旧来の倫理観が働いて、この無難な逢瀬を継続させてきたのかもしれない。それは、私のなかにも巣くっているものである。若いころには唾棄《だき》したいように否定してみた古くさい道徳、ありふれた生きかた、それから解放されていたならばこの愛も違った方向を歩んでいたであろう。二人にとって解放された結びつきは夢のまた夢……。もはや夢の実在化など在り得ない……。

この日は、良平に遅い報告ができ、強い賛同を示してくれたのを晴れやかな気持で喜んでいた。

（二十五）

国際婦人年も一つの契機になったのだろうか。長い男性中心の道徳は音もなく揺らぎ始めた。色濃く性差別に彩られた愛に絡まり合った男と女のありようも、少しずつ変化が進みみえ、戦後すぐとは異なった性の解放の時期が訪れていた。女性にばかり強要された貞操とか貞節という言葉は、人々が気付かないうちに死語と化していた。かわって不倫が流行語のようになったのも、既定の結婚の形態への疑問の表れなのであろう。

家庭という城塞も自らの自由な意思によって構築できる恋愛結婚が主流になった。自由は強くて、そして脆《もろ》い。規範で束縛されないぶん、危機をはらんでいる。そんな不確かな土台で築かれているのに、生活が安定して送れたり、子どもを養育する責任が生じたり、夫婦の性がなめらかであったりすると安住を信じ、不変と思い込む。安らかさを求める習性と城塞の心地よさに慣れてしまうと、たとえ錯誤であっても、とりつくろってでも守ろうとする。これが普通の人間の平穏な生きざまであろう。

良平は城塞を妥協の産物といいながら棄てられなかったわけが、今の私には理解できる。彼はことさらの変革の摩擦は避けたいほどに家庭生活に慣れきり、幸福だったのであろう。そして、今も。進みも退きもしない均衡を保ったままのこんな逢瀬の習いを変えようともしない理由もここにあった。もし、深いかかわりをもてば私が幾重にも悩むのを知っての思いやり、躊躇もあったろうが、それだけでない。良平にも同じような煩悶《はんもん》が生じたとしたら、きっと逃避したい信条が顔を出すはず。また「恋の芸術家」に代わる言葉を使って、私の前から姿を消すだろう……。良平はそんな人だ。

わずかな知恵を働かせるだけで、男女がしのびあえる場所はいくらでもある世の中になっていたのに、その隠微さが二人の美意識には合わないとはいえ、いくら性に寛容な風潮になったといっても、一歩間違えば後ろめたさばかりが残る通俗的な不倫に堕してしまう、それがこの愛であった。良平にも充分に分かっていて抑制も働いていたのだろう。それでもなお、どんな理性も人の世のしがらみも超えてでも牽《ひ》かれ、互いを強く求め合いたいというほどの狂気の情念は共有してこなかったのだ。それがあってこそ、城塞を破り、新たな生命を謳いあげ、この世をも越えて芸術家になれた……。

良平にも私にも、狂気という言葉ははるかな幻影であったといわねばならない。

（二十六）

晩春のその日は京北《けいほく》、常照皇寺《じょうしょうこうじ》の老桜の風情をめでにドライブした。濃緑の北山杉の連なる山道の美しさには圧倒されるが、しかしヘアピンカーブの連続である。ここで良平が運転を誤れば、きっと地方紙にスキャンダラスに報道されるだろう。そんな危うさを隠し持つ間柄であることを、今さらに思い起こさせるほどに緊張していた。

小さい老桜は寺から離れて、孤立するように静かに立っている。一生の終末にこのような凜《りん》とさびた美しさを放てるであろうかと、深い感動に似た心持になりその前をたち去れずにいた。おのずと二人の愛の終末とも重ね合わせてこのようでありたいとも願っていた。

その帰途であったか、

「西山さんは、音楽の仲間で、好きな人はいはらへんかったん？」

わざと軽い口調で尋ねてみた。

京都でも実力を評価されつつあった良平だったが、出演する演奏会には行かない。妻なる人が必ず来ているだろう。長年芸術品のようにいつくしみ尽くしてきた夫を見守り、自分の存在をそれとなく示すために。だから劇場の中のどこかで、二人が対峙している情景は想像しただけでもおぞましい。

良平はモーツァルトを好む。私には華麗だけれど明るすぎて陰影に欠けると感じられた。しかしその華麗さが、辛い兵隊体験を経た身には快く浸れたのであろう。

「なかったなあ」

「ほんま？　華やかな、きれいな人の多い世界やのに」

「たしかにきれいやなあ。そやけど、見た目ほどでもない。なんにもなかったなあ……。あんたはどうえ」

「さあ、どっちにしとこ」

笑いながらはぐらかしてみた。

新たな目標を定めて社会に出ていく機会が多くなると、心惹かれる男性に出会う折はあるものだ。若い日には純粋な愛を夢見たが、生涯にただ一人、ただ一度の愛というのはフィクションだと思うようになった。自己弁護のためではない。妻以外の女性から一顧だにされない、何の魅力も感じられない男としての夫はどうなのだろうか。同じように、男性から優しい言葉の一つもかけられない女である妻もどうであろう。長い一生には美しいと思える人への心情の揺らぎ、恋心のざわめく艶《つや》やかな感性があってもいい。そのほうが陰影のある人生と思えるようになった。これは私の変化なのか、成熟なのか。または生きてきた澱みなのか……。

それでも、良平より慕わしいと思うほどの人はいなかった。今は素直に彼もそうであったと信じたい。良平は妻以外に私だけを、私は夫以外に良平だけを愛した、と思っておきたい。このような二人の間柄でささやかな愛の純粋さや誠実さを求める心情は遊女が間夫《まぶ》に真心を求めるようで倒錯していると自笑しながらも、どこかでせめてもの安堵をしてしまう。隙間に咲く哀しい愛なればこそか。

（二十七）

夜中に身体の芯まで射抜きそうな雨が降ってきた。

いつものように覚醒すると、無防備に鼾《いびき》をかいて寝入っている夫の横からこっそりと抜け出してリビングのソファーに倒れこみ、暗中模索を繰り返すような思案にふける。共寝はやめて，二階に移そう。のびのびと一人で寝たい。

いつからか、心に薄靄《うすもや》を漂わせていた。

銀婚式も近いというのに、結婚生活をもうこれで終わりにしたい、という欲求のようなものに、漫然としているが、しかし執拗《しつよう》に捉われ始めていたのだった。

夫は長い年月私と娘の生活を守ってきた。葉子のことは別にしても、女性スキャンダルも金銭のトラブルもなく、いまだに愛の証と思い込んで求め続ける夫の行為が疎ましくなっていたとはいえ、何の非もなく異議を申し立てる理由は見当たらなかった。それにもかかわらず、この結婚という人生体験はここまでで充分だ、と心のどこかから発し続ける。

愛された、それには応えた。ただそれだけ。

この結婚生活は「ただそれだけのこと」と夫にいえばどんな顔をするだろう。若い男のように怒ったりはしないであろうが、彼の意外とデリケートな心や誇りを小刀でいくつも切りつけることになるだろう。それは私にとってもつらい仕打ちであった。この結婚にはどこかで心底から喜べなかったけれど、また、生きて食べるための妥協と割り切ろうとしたけれども、いちおうは健全な家庭を営んでいる。夫の精力的な欲求に妻として拒否できないのは私の弱さだったのかもしれないが、女としてはそれなりの快楽や充足も味わってきた。これは誰に強制されたものでもない。私が演じてきた結婚生活である。夫と対決するときも、最後は子に対する責任の故に踏みとどまって家庭を放棄せずにきたのだが、その娘ももうすぐ大学を卒業する。種の保存の義務を終えた人間の本能が結婚生活はもう無用になったのだ、とささやいているのだろうか。

それにしてもこのすっと空気が抜けていく感覚、手足の力が萎《な》えてしまうような虚脱感きてきたが、新しい家族がかけてきたたことを感じさせる場面は心身の深いところ、私にも正体不明の芯奥《しんおう》の部分からあぶくのように湧き上がってきて、全身に流れている。結果としてこの結婚生活に頼りきってきた主婦の身で当面の生活の手立てはないのに、それさえも、どうでもよいように思える。

葉子は私の家庭に出入りしたころから、誠司《ママ》にまっすぐに向いて接していた。中学時代にラグビーをしていたといったのに関心を持って、しばしば話題にすると、夫もどう思ったのか丁寧に説明していた。私はほんの短い期間のスポーツ体験など気にもかけなかったのに。夫の生い立ちにさほど興味を持っていなかったのだろう。

短パンツをはいて革命歌を唄いながら訪れる男のような葉子は、夫にも娘にも深い親愛の情を寄せているふうだった。私が受け身な結婚への後悔を口にするたびに、

「亭主も、娘も、いつでも貰《もろ》うたげるぇ」

と真顔のようにいった。交遊してから二人を観察していると、相性とでもいうのだろうか、夫と葉子のほうが夫婦にふさわしいと頷《うなず》かざるをえないように感じる。夫にいってみたが、当然ながら一笑にふした。しかし、葉子は突然左京へ転居してしまった。

葉子とは、その後も何事もなく交遊は続いていたが、どこかで結婚すべき相手を間違っ

た三人のような気がしてならなかった。今でも「貰うてくれるか」と尋ねたら、どう答えるであろう。譲渡できるならいつでもするのだが。これは、夫の意思も心もまるで無視した仮定の想像である。けれど、若い日の偶然の情熱が人生を狂わせるのはあまりにもありふれた話である。

この鬱屈した精神状態の理由はしかとは確かめようもなく、むろん夫に話して容易に理解されるとは思えなかった。母が存命なら、「また、あんたのきずいや」と責めたてるだろう。重心が定まった安定感は大きかったが、まだ歩き出したばかりだ。先は何も見えていない。良平に話せば「困った人やな」と苦笑されるのではないだろうか。今度はどう言って説得してくれるのだろう。もはや、良平にすがる力も失せているようだった。

強いて理由を探すなら、誠司《ママ》を主体的に愛した結婚ではなかったという事実を呪詛《じゅそ》のように引きずって、それを長い結婚生活の中でも消去できなかった私。秘かな良平への愛の隠花を心の秘境に咲かせ続けた私。それ故に、気付かないうちに蓄積されたおのが人生の深い詠嘆、とでもいおうか――。

（二十八）

そうこうしていても、良平への執着だけは細いがしっかりした絹糸のように切れないままにつながれていた。秘かな懸け橋はゆるぎないままだった。

ある日、私から珍しく手紙で連絡したのに返事が届いた。

「いつも思い出したように飛び込んでくるあなたのお便りは、残り少なくなった小生の生命力を燃え立たせてくれる。愚劣な毎日の生活のなかに届く光のように、精気を蘇らせる泉水のように……。

あなたとの永いお付き合いは、小生の人生にたいへんなプラスを与えてくれた。ほんとうにありがたいことだと思っている。

あなたは充実した家庭生活を送りながら、思想、芸術、愛といつでも真剣に取り組んで悩み、あふれる生命力を駆使してきた。そして小生のような老人まで燃え上がらせる。豊かな人生を生き、楽しめる数少ない女性の一人だといえる。

ところで、次の予定は……」

と綴られていた。簡素だがこれは私への初めての告白だ。ささやかな愛の対象としてだけではなく、女としての生きようまでもすべて見守っていてくれた。

やわらかな薄絹に包まれたように良平の愛を知った歓《よろこ》びに満たされ、何度も何度も読み返していた。なぜもっと早く、そんな心情を吐露してくれなかったのか、確かな行為として表してくれてもよかったのに、としきりに悔やむ。私も、しかとはあの人の真意も生身も確かめないままにこの歳月を過ごしてきた。この不確かさが私の執着を捨てさせなかったのかもしれないが、あの人はやっぱり私を抱擁するように受け止めてくれていたのだ。

それは確かに、永いといえる愛の軌跡であった。

それにしても、今ごろになって、どうしてこんな手紙を書いたのだろう。今さら、とも思う。

嬉しさの中から、何故、という暗雲がむくむくと湧きあがった。

高踏的な人生を貫こうとした人が、家庭生活にも、望まなかった地位にも人並みに恵まれた、その安定の慣れ、生きることのマンネリズムがいつしか無用者の精神を弛緩《しかん》させてきたのであろうか。寡黙に、愛しているなどと口にせず、私の執着に自信をもって緩やかな逢瀬に任せてきたのであろうに。

これは、あの人の変容の表れ。良平にも刻々としのびよる残酷な老い、日ごとに押し寄せる寂寥《せきりょう》の哀感に浸りながら、今さらの告白をしたくなった。そしてこのありなしの愛に、まるで結語のような文面を書いてしまった……。

いつも端正に持し、私をつき放す。そしてまた優しく。それが良平。

あの良平はどこかへいったのか、良平は昔のままでよい……。

もうよい、これでよい。

私は良平が好きだった、ゆるぎなく。

この永い歳月を耐え続けたこの花を、歳月の流れのままに変形させてしまっては無残すぎる。心に咲かせ、響かせたこのひそやかな愛も、ひそやかに終章としよう。

つらい執着からの解放のときは今――。

男と女が愛し合い、やがて別れていく定めならば、今、その別れの足音が近づいているのか。私には死が分かつときに良平に寄り添うことは叶わない。いつの日か、どのような形であっても、私と良平は別れていかなければならない。やがて訪れる別れ、執着を断ち切らなければならないつらい時は、そう遠くないのかもしれなかった。良平もそんな予感を感じているとしたら。それは人間の残酷な運命——。

長い彷徨《ほうこう》の歳月、良平は生きる重心へと導いてくれた。行き先はわからないけれど、この道をひたすら歩き続けるだろう。

これからは一人でも生きていけそうだと思う。

私は身内に溢れる涙をおしとどめ、もう西山良平と会わない決心をした。この隠花のささやかな花芯がぬくもりを失う日など、ありはしないのだから。

［解説］輪廻《りんね》する小説を読む

井上史《ふみ》

『わたしの作文』67号表紙
絵/四手井《しでい》淑子　モデル／井上とし

一　小説の読みかた

二つの「待つ間」

本書は、井上としが一九五九年二九歳のときに、婦人ペンシル会発行の同人誌『わたしの作文』に寄稿した短編小説『待つ間』と、七十歳ころにそれを基礎に続編を加筆し、十年後の八十歳から八六歳まで、前後編の推敲《すいこう》、修正を重ねた『待つ間　断章』の二作品で構成される。最初の二九歳のときの作品を一九五九年版、八六歳で推敲を止めるまでの最終稿を二〇一六年版と呼ぶことにしよう。

『待つ間』『待つ間　断章』は、「私」を主人公とする一人称小説である。ひとことで言えば、高度経済成長の始まるころ、敗戦後に大学で得た大正的教養を素地にして、妻子ある男性との関係を主軸に、家父長制の残る家族や地域環境の中での成長、社会運動の体験を恋愛小説として書いた――。

私小説色の濃いストーリーを出版することにためらいはあるが、もし読者に届ける意味を問われたら、それは、二十代で書いた小説を七十代、八十代になって何度も書き直し、推敲をかさねたという点だろう。

二〇一六年版は、二〇〇〇年ころから、あるいは、もっと以前から書き換えたいという願望をもち、断続的に推敲、修正が重ねられたものであり、最終版までにいくつかのバリエーションが残されている。二〇〇〇年ころ、世間ではパソコンへの移行期であるが、作者はまだワープロを使い続け、それが壊れると廃品業者から保証なしの古物を買い求めて、使っていた。二〇〇六年九月に感熱紙に印字した『待つ間　断章』という作品が、現存するもっとも古いバージョンである。４・５インチ・フロッピーディスクを探せば、異本はもっと増えるだろうがキリがないのでやめておく。

書かれた時間を問うこと

一九五七年生まれのわたしは、とうぜん一九五九年当時のことを知らない。そのころ、わが家では『わたしの作文』はいつでも、誰でも手に取れるところに置いてあった。家族間でその内容が話題になることも折々あった。

しかし、二〇一六年版に関して、わたしがその片鱗《へんりん》を知るのは二〇一二年以後のことだ。作者が『鐘紡長浜高等学校の青春』（ドメス出版、二〇一二年）を出版後、パソコンに没頭しつつ、「ファイルの別名保存のしかた、忘れた」「『会議は踊る』を調べたいのやけど、どうするの？」としばしば尋ねてきてわたしを困らせた。そのつど、わたしはデスクトップの書きかけのファイルを見て、感想を聞かれることもあった。『わたしの作文』の『待つ間』も知っていたし、それを改めて書き直そうとしていることもわかったが、そのことを深く考えることはなかった。

わたしはその数年前から片山潜《かたやません》（一八五九―一九三三）の自伝の解読に悪戦苦闘していた。同志社大学人文科学研究所の共同研究会、故 田中真人《まさと》教授の指導ですすめられていた近代社会運動家自伝の総合的研究班で与えられた課題は、片山潜の自伝に関する書誌および解読だった。

片山潜は人生の後半を費やして、三度か四度、自伝を書き直している。優れた研究書が、自伝が書き直されるたびに、彼の社会主義思想は深化、進歩していると読んできた。

同一作者による、同一主題の複数のテキストがあるということは、執念か粉飾か、複製か反復か。それともただ暇だったのか。

「自伝に書かれている時間を時系列にたどるのではなく、そのように書かれた執筆時期と内容から探るという方法をとった。自伝に書かれているのは『過去』ではなく、これらには五十三歳から七十三歳の片山の『今』が書かれているという、自伝研究の当然な前提ではある。」（拙稿「片山潜の棄教と自伝　四つの自伝におけるキリスト教記述の変遷について」『キリスト教社会問題研究』五三号、二〇〇四年十二月号）。

今回も、わたしはこの方法で小説『待つ間』を読もうと思う。作者は、若書き小説を基に加筆し、編集し直す作業そのものに積極的な意義を見出し、時を忘れたのではないか。大胆にイメージを膨らませ、どんどん書き進められることで、自分でも気付かなかったような境地を発見し、開拓して行く快感があったに違いない。七十歳になっても、八十歳になっても——。

しかし、自由に書けると思う爽快《そうかい》さと同時に、三人称のフィクションとは違って、どこかで偏向や自己抑制がかかるのも一人称小説の常である。「私」の体験は作者の体験そのものではない。その限界突破と抑制の、皮一枚ほどのありようこそ作者のオリジナリティだと考える。

わたしは、作者・井上としの娘であるという特権を最大限に使うであろう。ただし、わたしでさえ知らない世界があるということを十分に留意したうえで。

なお、一人称小説の主人公を説明するときはかぎかっこ付きの「私」、編者自身の自称「わたし」はかっこを付けず区別する。

『わたしの作文』という土壌

作者は、一九五九年の初夏ごろ、「ひととき」に加入した。

「ひととき」欄七十周年を記念して設けられた朝日新聞デジタルの記事「(いちからわかる!)投稿欄『ひととき』、なぜ始まったの? 女性の考え、社会につなげる『窓』」(二〇二〇年十二月三十日投稿)によれば、朝日新聞家庭欄に一般女性からの投書を掲載する欄「ひととき」ができたのは一九五一年のこと。やがて東京、大阪で投稿者同士の交流が生まれ、京都でも運営や組織名の紆余《うよ》曲折《きょくせつ》を経て、「婦人朝日ペンシル会」(のちに婦人ペンシル会)と名乗って、「もの書き」好きの有志が集まるようになる。朝日新聞社とは別組織ではあるが、会の方向性は事務局代表を担った大村しげ(一九一八―一九九九)をつうじて、その影響下にあった。

同人誌『わたしの作文』の創刊は一九五四年。作者のもとには、ガリ版刷りの掌《てのひら》に載る小冊子二十冊ほどが残っている。国立民族学博物館・みんぱく図書室には『わたしの作文』が創刊号から八八号（一九六四年六月）まで保存されている。大村の没後、京都市中京区の旧自宅で使われていた生活財いっさいと書籍など生活資料のすべて「大村コレクション」が博物館に寄贈され、展示されている。コレクションを解説した本として、横川《よこがわ》公子《きみこ》編著『大村しげ京都町家ぐらし』（河出書房新社、二〇〇七年）がある。

十二月、一月は「主婦が最も忙しいときだから」という理由でお休みして、年間十冊の発行。毎号七、八人の作品が掲載されている。持ち回りの編集責任者が原稿を整理し印刷所へ届ける。前号の寸評と毎月の合評会の様子も速記者がまとめて掲載する。合評会は毎月、朝日新聞京都支局会議室（当時、河原町通御池下る、東郷青児の大壁画のある旧朝日会館二階）で開催された。

この編集方針によってメンバーは書き、投稿するだけでなく、他メンバーの作品を批評的に読み、自らの文章鍛錬にもなったようだ。作者は、同会を退会する一九六七年までに、小説十三、担当した編集の後記、あとがきなど七、「米原子力潜水艦寄港問題についての動議」「政治活動の規制会則変更について」など三、全二十三を残している。

京都の『わたしの作文』での中心人物は、その後、〝京都もの〟で活躍した『おばんざい　京の味ごよみ』(朝日新聞京都支局編、中外書房、一九六六年)を執筆した三人グループの大村、平山千鶴《ひらやまちづ》、秋山十三子《あきやまとみこ》ら。作者の最初の単著『深き夢みし　女たちの抵抗史』(ドメス出版、二〇〇六年)の装丁をした酒見綾子《さかみあやこ》(のちに二科会会友)も創刊以来のメンバーだ。一九六〇年の京阪神の「ひととき」総会写真には七十名ほどが写っている。会の名称は「婦人ペンシル会」だが、みな「今日は『ひととき』へ行ってくる」と、こちらの呼びかたに愛着があるらしい。

作者に「ひととき」を紹介したのは、京都女子大学時代の恩師・塚田満江《つかだみつえ》(一九一八―二〇二〇、筆名・黒田しのぶ)である。塚田と大村は京都女子専門学校の同級生で、作者よりもひと回り上の世代である。作者は女専、大学国文科時代に塚田の授業を受けたことがないようだが、塚田の周りにはいつも文学、演劇好きの生徒たちが集い、親衛隊を形成していた。わが家のアルバムには、痩身《そうしん》に粋でモダンな着物姿の塚田のポーズをとる写真が数枚残っていて、ちょっと女学生のエスを感じる。卒業、結婚後もその敬愛は続いていた。そもそも、大学卒業後の就職先である鐘紡長浜高等学校を推薦したのも塚田である。ちなみにわたしの名付け親でもある。

京都市東山区北日吉町の塚田の家を作者が購入し住み始めたのは、わたしが二歳十カ月の一九五九年春で、すぐに近隣の保育園に通うようになるころ、作者は「ひととき」に参加した。『わたしの作文』四二号・一九五九年八月号に掲載された「待つ間」は、まさに新人の初投稿であった。

『わたしの作文』メンバーの年齢層は二十代から六十代と幅広く、そのなかには「三世代の断層がある」と大村が分類している。「明治生まれの人」「旧制女学校教育を受けた人」「新制度の教育を受けた人」。真ん中あたりの、大村しげや平山千鶴らベテラン陣からみれば、新制の女子大出身で教師経験があり、子育て中の新人の、お手並み拝見といったところか。

恋愛小説

作者は「恋愛小説が書きたい」といい続けていた。「生涯に一作でいい、大恋愛小説を書いて死にたい」。『深き夢みし　女たちの抵抗史』の原稿執筆に集中していたときでさえ、「ホントは、政治運動や治安維持法のことなんかじゃなく、恋愛小説を書くはずだったのに……」としばしば肩を落としていた。

「ひととき」時代の友人たちの間で、恋愛小説を書くことが流行《はや》ったときがあった。二〇〇四、二〇〇五年ころのことかと思い出す。

「Mさんのは、なかなか凄いらしい」

「どんなふうに?」

電話口で友人と話し込んでいるのを小耳にはさんだのを覚えている。

みな七十歳を越えている。日々の家事や子育て、孫の世話からはとうに解放されている。大半が寡婦か、離婚しているか。そのころ世間で広まっていた自分史ブームに乗って、出版しようとか本にすることを考えていたのではなく、せいぜいワープロ打ちした小説を友人たちの間で回覧する程度だったのだろう。でもなぜ、今ごろ恋愛小説なのか。

十代に敵国語だからとして英語教育を受けなかった作者の世代には、たとえば、アイデンティティという言葉が定着しなかった。アイデンティティという言葉が、生活のなかで普通に使われるようになったのは七〇年代のこと。大江健三郎《おおえけんざぶろう》(一九三五―二〇二三)あたりがエッセイで使いはじめたように思い出す。八〇年代ころ、「自分探し」という表現が流行ったことがあるが、作者はすでに老境すぎよう。ディレッタント(学問・芸術を慰み半分、趣味本意でやる人の意）やカタルシス（心のなかの負の意識を浄化する意）、疎《そ》外《がい》という言葉は使えるのに、大正教養主義の教師たちの遺産を自分のもののように錯覚しているようだ。「アイデンティティって、どう使ったらいいのか、わからない」と話していた。使いかたがわからないのは、アイデンティティという概念だけではない。ジェンダーなどフェミニズム用語が用いはじめられる九〇年代になっても、なぜ従来の婦人運動用語ではだめなのか、理屈ではわかっていても、ストンとは納得できない。

思うに、夏目漱石《なつめそうせき》や森鷗外《もりおうがい》のような近代純文学は高尚なるもの、奥深い哲学を前提としていなければと考えるがゆえに、敬遠していたろう。青年が数々の体験、苦難を乗り越えて成長していく、大正教養主義的な成長物語にも興味はわかなかったはずだ。露悪的な私小説は老臭がつきまとった。川端康成《かわばたやすなり》の文体筆致に唸《うな》ることはあっても、登場する女性たちはほとんどが玄人《くろうと》か女形のような作り物めいた感じがすると話していたこともあった。八〇年代に流行した、渡辺淳一《わたなべじゅんいち》や立原正秋《たちはらまさあき》の大胆な性描写小説を読んではいたが、好んでいたわけではない。女流文学という括りには反発しか感じなかった。瀬戸内寂聴《せとうちじゃくちょう》よりもボーヴォワールの『第二の性』や倉橋由美子《くらはしゆみこ》の『パルタイ』を読むよう勧めたのは、わたしが高校生のころだったか。

恋愛小説という響きには、大文字の純文学が異質物のように見下していた〝女流文学〟や、政治、婦人運動が埒外《らちがい》として扱わなかった、ありのままの自分をすべて出しきる、自分が自分であることを一〇〇パーセント表現できるかもしれないという期待があった。その世界では、現実の生きづらさや障碍《しょうがい》を超えて、夢や性愛、自分のアイデンティティのすべて、セクシュアリティをも自由に書くことが許されるように感じた。恋愛小説が書きたいというのは、自分のすべて、人生をさらけだすことのできる小説の意ではなかったか。

二　『待つ間』一九五九年版

期待と失意の四十分間

『待つ間』は、「私」を主語とする一人称小説である。

京都女子大学へ通う主人公「私」は、バイオリンの練習を終えて日仏会館（一九二七年設立、現・関西日仏学館は二〇〇三年に改装）から出てくる愛人を待ち伏せしている。その間、九時四十分から十時二十分まで、四十分間の心の揺れを軸にして、別れを決意するまでを描く、七章立ての短編小説である。冒頭から終章まで、小説上の出来事の時間経過は四十分間だが、章を替えて、戦後、学制の変わるころ、女子大学へ編入学する「私」の置かれた状況や、交際相手の「西山良平」の結婚観や人生観が描かれる。三八歳という人生の成熟期にある彼に共感し惹かれつつも、妻子ある彼との関係に煩悶《はんもん》する葛藤《かっとう》が、時間軸を分解して配置されている。

その構成通りに各章をおさえておく。

第一章は、東一条の日仏会館前で待ち伏せする「私」の点描。通行人も稀で、街路は暗く、東山線を走る市電の轟音。京都市内から東北方向に大きな影をつくる比叡山から吹き降ろす風が「私」の髪を乱す。「愛人」が弾くカルテットの旋律を聞きながら、家人にいつわって夜間に急な外出をたくらんだ「計画」に興奮を抑えきれない。

通称・女専、女子専門学校から女子大学への編入学を希望する「私」は家人の反対にあい、「自力で学校へ行ってみせる」と市役所でのアルバイトを始める。第二章は、敗戦後まもない京都の封建的な家庭で育った「私」の環境、アルバイト先の観光課に勤務する「西山良平」と知り合い、若者にはない調和と落ち着きに惹かれて付き合いが始まる設定を説明している。

ここで、作者は「昭和二八年をもって旧制の学制は終わり」と書いているが、これには本人の混乱がある。

一九四八（昭和二三）年学校教育法の制定により、旧制女子専門学校が廃止された。作者は一九四五年の敗戦時十五歳、京都高等女学校三年生。学制改革と同じ年に同女学校五年生で卒業し、京都女子専門学校へ進み、そこで四年間学んだ。卒業と同時に上級校である、京都女子大学文学部国文科の三回生に編入学が認められた。

新制の京都女子大学は一九四八年に開校していたが、「雰囲気も定まらない」「不備な点も多かった」女子大学よりも、京都女専という伝統と充実した教師陣に学ぶ自負があり、入学したからには、最後まで学ぶことにした、と回顧していた。正確には、「昭和二六年をもって、旧学制の女子専門学校は終わり、私はK女専の最後の年度に卒業」と書くべきところであった。そのあたりの年代の確認をせずに、小説の完成を急いでいたのかもしれない。

第三章は、日仏会館から仲間とともに出てくる良平が「私」に気付く瞬間を想像する短いショットである。「恋しい人を今こそ捉え得た歓喜を、倒れそうになってかみしめよう」と、予感に身体が震える「私」のアップ。

第四章は、ある日の岡崎の美術館でのあいびきの一こまへ展開する。良平は「私」の好みをわかっている、「ロマンチックだから」と。彼の「私」への理解ぶりに対して、「私」は人目の付くところでの饒舌《じょうぜつ》な会話を控えている。彼との関係を、心だけの「秘かなもの」としておきたいのは、「人は不倫をかぎつけはすまいか」という惧《おそ》れからくる。

翌日の良平の出張と「私」の休日が合致し、ＢＫ（ＮＨＫ大阪放送局。開局時のコールサインＪＯＢＫからビー・ケイと呼ばれる）前で落ち合う約束を交わして別れた。

帰宅後、明日良平と逢う、淡い期待をいだきながらしまい湯に入る。「二四歳の肉体」、この曇りない身体はどう変化するというのだろうか。処女、「女に大切な『もの』」が結婚の夜の「供物」にされるという古い社会通念に反発し、「悔いない情熱と意思によって未知なる世界にすすみたい」という好奇心の両方を考えることは答えのない重荷である。

一方、良平はどうだろうか、考えてみる。中年らしく節度をもち、愛の言葉も交わさないほどの淡さを保っているが、無感動に静止している様子でもない。そこに「私」は今までの経験にはない愛情を感じている。もしあの人の愛の手が差しのべられたら、それに抗う力などありそうにない。しかし、熱い身を投げかけるには「一点の抵抗」があることに気付く。それは十年におよぶ結婚生活を送った彼の「肉体への不潔感」である。この潔癖が、今までの自分を形づくっている。

続く第五章は、大阪・天満のＢＫへ向かう京阪電車のなかでの場面となる。グレーのツイードのスプリングコート、濃い紅色のマフラ、薄茶のハンドバッグと靴、白い手袋の出で立ちは何を象徴しているのだろうか。良平に合わせた地味な服装は、何かを主張するよりも、「答えの得られぬまま」の、不安定な「低迷」を象徴しているようである。グレー、ピンク、白の組み合わせは、かつて美術館で良平が「こんな絵が好きだろう」と話したロマンチックな絵、たとえばマリー・ローランサンのような淡い色調、と共通していることを思い出して欲しい。

ところが、途中、急行電車が原因不明のアクシデントで停車してしまう。やがて動き出しはするが、約束の時間に逢うのは不可能である。「私の内部では、はけ口のない憤まん」が充満していった。ＢＫに車を走らせるが、良平は帰った後、という。逢えなかったことで、無念の情が逆流し、かつてないほど思慕は強まり、良平はすでに「家庭の人」となって妻のもとでくつろいでいることを想像してしまう。「悪しき心の乱れ」だとは思いつつも、「良平がほしい」というしかない感情があふれてくる。「夫は妻の所有物なのであろうか」、結婚は完全な所有を意味するのか。互いの従属物となることなのか。そうではないならば、「私」にも良平を愛することが許されているのではないか。良平への強い愛情と完全に所有できない現実の間で「私」は疲れ果てて帰路に着く。

第六章はふたたび日仏会館前。十時のサイレン。

ここで、突然、気になる人物が登場する。会館前の市電停留所で「私」に向かって立っている男の影にはっとするエピソードである。「私」は隠しごとが発覚したときのような、容赦なく投射される羞恥心《しゅうちしん》にたじろぐ。我に返り、なぜこの見知らぬ人に驚き、身構えなければならないのだろうと自問する。すると、良平への思慕に歓喜していた自分、今している行動そのものに失望する。そういう自分にも我慢がならない。

そもそも、「私」は、良平の中年の落ち着いた雰囲気だけでなく、仕事や家庭の束縛を嫌い、生存競争よりも高踏的な貴族趣味に興味をもっていたのだった。因習に捉われない愛を受け入れるであろう、清冽《せいれつ》で自由な感性に魅せられたのだった。ところが、大阪での逢引きの失敗以来、家庭人としての彼の一面を考え出すと、彼へのねたましさ、抵抗があらわとなり、今まで触れまいとしてきた「障害」が頭をもたげてきた。「知るはずのない人」に対して無意識に防衛して、身構えたというエピソードは、この小説の重要な緊張となっている。

良平が「私」との愛に盲進するのでもなく、妥協でつくってしまった家庭に責任をもっている態度にも信頼を寄せていたはずなのに、今は、「私」一人が所有を許されぬことを恥じ、葛藤している。彼の心を「所有」していると言いつくろってみたところで、それは観念的なものだ。妻から奪ったものは、「またいつかあらたなものに奪いかえされるかもしれない」。古い道徳と闘って奪う人、日陰の身に一生をかける人もいるが、そういう人のほうが力強い生存力の持ち主か「心の盲人」ではないか。「私」には、若い日の情熱を維持し、変わらぬ愛に生ききることを「諾《だく》」という自信がない。

大阪で出会えなかったことで今夜の急な行動に出てきたが、今、ほの明るい電柱灯の下で、つかみどころのない矛盾に陥って、逢いたい感情を自分自身の手で「空疎な悲哀」へと変えてしまった。

時計は十時二十分をさしている。帰宅の決意と良平の顔をみたいという願いにくぎ付けになっているそのとき、良平が日仏会館から出てきて「私」に気付いた。先刻来の情念が一度に奔流となり、歩き出す「私」。それを追ってくる良平。彼は「私」の心の異変に気付くが、にわかに問いかけたりしない。

私は突然立ち戻って、

「こんなことしてるの、辛くなったの」

西山良平は、毅然《きぜん》とした顔つきになって私を見つめると、しばらくして言った。

「君は、若い男と結婚せんとあかんな」［中略］

「わたし、もう帰るわ。失礼します」

「私」はタクシーに乗り、「これでいいのだ、これでいいのだ」と繰り返し、「これも心の花」と慰め続けた。

「君は、若い男と結婚せんとあかんな」という良平の言葉は、大阪での約束の場所に来なかった事情や、今夜の急な行動にでた「私」の心情をよく理解し、共有していたことを表しているのだろう。作者の狙いは、良平が「私」のことをよく理解してくれる、心を共有し合える、理想どおりの言葉を語らせることである。良平への愛を、自縄自縛の末に終結させるまでの軌跡を、「私」は「心の花」として納得させせようとするところで小説は終わる。

「心の花」とは、世阿弥《ぜあみ》が『花伝書《かでんしょ》』で伝えた「秘すれば花」という言葉を想起させる。美しい、晴れやかなだけの花ではない。表には出ない妬情《とじょう》を奥深くに秘めてこそ、本当の芸術が、美が表現できるシンボル的な言葉である。作者は、良平への思いを秘めつつ別れを決意する、相反する心を「花」と呼ぶのだ。

塚田満江の「批評」

『待つ間』は『わたしの作文』一九五九年八月号、九月号、十一月号の三回に分けて掲載され、九月頭に合評会で取り上げられて、「作りものにすぎない」という批判を受けている。まだ掲載の途中だからということで、合評は打ち切られた様子で、「作者にはありがたかった」と例会後記に書いている。

たしかに、

日仏会館前 → 良平との出会い → 日仏会館前 → 美術館、「しまい湯」の場面 → 京阪電車のなか → 日仏会館前、見知らぬ人との遭遇 → 日仏会館前での別れと、日仏会館前を定点にして、四十分間の時間経過のなかに過去、現在のシーンが分解されて織り込まれる展開は、どこかありふれた映画のシナリオを思わせる。友人の映画研究者佐藤《さとう》洋《よう》に「あの映画にそっくりですよ」と指摘されるのを待つことにしよう。

会員からの手厳しい批判が同誌に掲載される前に、作者は恩師の塚田満江に作品を読んでもらい、それをふまえた「批評」と題した一文を投稿した。作品掲載が完了した四ヵ月後のことだ。

「ちっとも相手（ヒーロー）のことが書けてないじゃないの」［中略］

「相手を書くことによって、また自分も描けてくるものですよ。……相手の本質を見ないで、勝手に美化してるように見えるね」。

塚田評は、「私という人間に向けられた批判の矢だ。」「私という存在の根を揺り動かすものではないか。」と、作品評の次元を超える、人間批判として辛辣《しんらつ》なものだった。批判の目は、「私のライフワーク」、ものを書くということにおよんだ。妻や母としての自分以外の可能性を見極めたい、また紡績工場併設の定時制高校に勤務した経験、女子労働者の実態を書きたいという目標を絶望させるほどに肺腑《はいふ》をついてくるものだった。「私はだめでしょうか。書くことを止めましょうか」と、すがりつくように問うと、師は「それは、まだわかりませんよ」と、絶望とも、希望ともとれる言葉を残した。そこにわずかな光明を見出し、「私は気負って、不相応なものに夢を託したようであった。もう一度、振り出しへ戻ろう。まず私の言葉で、私の心にうつったものを書くことから始めよう。……転んで、じめじめと土の香をかいでやっと立ち上がったようなものである」。

塚田は世の主婦の生きかたにも言及した。その言外には、「家庭という温床に埋没している」女性たち、『わたしの作文』に集《つど》う会員たちへの批判を含めているように読める。「ひととき」では、上山春平《うえやましゅんぺい》（当時、京都大学人文科学研究所助教授）、安永武人《やすながたけと》（同、同志社大学文学部教授）ら、当節の人気大学教授を講師に懇談会を開いていた。一九六〇年代、梅棹忠夫《うめさおただお》「妻（専業主婦）無用論」や、石垣綾子《いしがきあやこ》「主婦という第二職業論」が、日本における第二波フェミニズムの序章となる時代である。しかし、「ひととき」のメンバーたちの多くは、内心は自分をとりまく環境に説明できないわだかまりをかかえていたとしても、そうじて「主婦」擁護派にとどまり、やがて生活の合理化、機械化が急速に進み、主婦の社会参加や女性労働、家族のありかたが大変貌するであろうことなど想像できないことだった。これはメンバーの世代にもよるが、婦人運動や政治運動に深入りしようとすることもなかった。

『待つ間　断章』二〇一六年版の後編に描かれることになる六〇年安保闘争は、文学サークルとしてのありかたやメンバー個々の生きかたを問うものだった。とりわけ会則のなかの政治的活動規制をめぐって協議が続けられた。「作文によって広く結ばれることを目的とします」には皆の賛同が得られたが、「会として政治的な活動は一切しません」という項目に対して、「政治活動を排除する、を破棄し、政治上のできごとに対して、民主的な方式で、会員の意見の一致があった場合、しかるべき活動ができるようにしてほしい」と疑義を呈したのは作者である。一九六四年六月号に「しばらく会を休みます」という事実上の退会宣言を投稿する。大村コレクションにはこの八八号までが残されており、これが最終号ではない。会を牽《ひき》いてきた大村もこのころ、「ひととき」を辞め、文筆家として歩み始めたことがうかがえる。

「ひととき」『わたしの作文』を扱った論文として、作者は、森理恵《もりりえ》「『わたしの作文』

に見る『主婦』と『作文』のパワー　一九五〇～六〇年代における『主婦的状況』の一側面」（『女性学年報』第二四号、二〇〇三年十一月）を読んでいる。日本の学術情報データベースで検索できる唯一の論文かと思う。論文中では書き手の名前は伏せられているが、作者の作品「疎外」（一九六一年六月号）や「米原子力潜水艦寄港問題についての動議」が参照されており、また作者もかかわった、京都婦人のあゆみ研究会編『京都の婦人のあゆみ　京都戦後婦人運動小史』（西辻玲子《にしつじれいこ》、品角小文《しなずみこふみ》、医王滋子《いおうしげこ》、岡和子《おかかずこ》、河音久子《かわねひさこ》、久米弘子《くめひろこ》、井上とし編著、機関紙協会京滋地本、一九七六年）のなかの「窓をひらく主婦たち」（筆者は作者）が引用されている。論者は『わたしの作文』での活動が主婦たちの自己実現に力を与えたと評価している。

「ひとときき」の後、作者は地域の婦人組織づくりにのめり込み、そこでも大衆組織と政党支持をめぐって対立して、退くことになる。レオン・ブルム『結婚について』（原著は一九〇七年、角川文庫、一九五九年）を読み、新しい文学サークルに接するなど、政治と文学、女性をめぐる問題を学ぶ機会は周囲に多々あったろう。しかし、六〇年代末、七〇年代には、フェミニズムはまだどこか遠い世界のことだった。

その一方で、「批評」に書いたように、妻や母としての自分以外の可能性を見極めたい、また紡績工場併設の定時制高校に勤務した経験、女子労働者の実態を書きたいという願望は失ってはいなかったのだから、それを種として、歴史の大きな流れとは違う、行きつ戻りつするような個人のライフ・ヒストリーがある。

酒見綾子のヌード

「作りものにすぎない」という会員の批判には、創作といえども、観察される対象、表現の一片に書き手自身の実感、読者を納得させる正直さがなければならない、という考えが感じられる。これは『わたしの作文』のメンバーに共通していた思いだったようだ。

「私たちは、社会全体からみれば、やっぱり恵まれた、せっぱつまった立場に追いやられていない、現状のままでまずは暮してゆける安易さを多分にもっているところの婦人の集りであることを、私たち自身が認めている……安易な文章や、自分本位の文章しか書けなくても、それが現在の自分たちの姿の、正直なあらわれならいい。ただ、もうこれでいいのだと思いこんでしまうことなく、いつも自分たちをきびしい眼でみつめながら、成長してゆこうとする努力を忘れないなら、はがゆいような足どりかもしれないが、十分、自分に消化された、肉体に納得できる歩みをしてゆけるだろう。またそれが、私たちの願いなのだ……。」（酒見綾子「グループ論」『わたしの作文』四二号、一九五九年八月号）

『待つ間』初回と同じ号に掲載されたこの文章は、『待つ間』に向けられたものではないが、「自分に消化された、肉体に納得できる」作品かどうかを真摯《しんし》に問いかけている。作者はこの問いをずうっと胸の奥にしまっていたのではないか。

酒見綾子は、編集を担当した一九五五年七月号に、詩のようなあとがきを書いている。


私達は仲好しです。

みんななつかしい顔ばかりです。

待ち遠しい文集！　そして例会！　［中略］

これ以上仲好しになれない暖かな仲のよさではなく、果しなく仲好くなれるきびしい仲よしの方をとりたいものです。

もっと不満をおっしゃい。

もっと非難して下さい。
もっと憎んでいゝのです。
笑いとばした後がさびしくないように。

作者が退会したのちも、酒見は「ひととき」にかかわり続け、一九六五年八月号には、「〝わたしの作文〟とわたし」と題したエッセイを寄稿している。お腹の中に子どもをかかえつつ入会したころのこと。両親のこと、結婚生活をつづったこと。会員たちみながそれまでの人生にうっ積していたものを吐き出し、お互いの愛の証があるといわんばかりに合評会で酷評しあい、「悪口を言い合って仲がいいのは世の中で私たちだけじゃない?」と頬を上気させていたころのことを回顧している。

「私自身、そのおりおりのとりこの中から、脱け出た眼を持とうとつとめるようになった。それは、ものを書くときに要求される姿勢であったし、なによりも作文の会が私に力を与え、私をそういう方向にひっぱっていってくれたせいであろう。……

みんなが一つの心になって〝わたしの作文〟を盛り上げた時代――古い会員である私たちは回想していう。一人と一人の人間だって、一つ心になどはなかなかなれないのだ。あれは錯覚であったと思うことが正しいのだ。しかし、そう思いながら、たまらなくさびしい。」(百号記念特集号・一九六五年八月号)

このころ、若い会員らから『わたしの作文』という誌名を変えてはどうかという議題が出され、協議の末、古い会員が押し切ったということがあった。『わたしの作文』は変わろうとしていた。

酒見は、この百号記念号を最後に会をやめたらしく、七〇年代初めころ、同人誌『VIKING(ヴァイキング)』の会員になった。一九四七年、神戸で創刊。富士正晴《ふじまさはる》(一九一三〜一九八七)、島尾敏雄《しまおとしお》、高橋和巳《たかはしかずみ》らを輩出した。「文学雑誌VIKINGは自らの存続を唯一の目的として発行されている」という特徴ある会規「約束」を掲げている。現在も継続発行中。

同人による持ちまわり編集、毎月の合評会とその速記者も持ちまわり。合評会では、表紙から、表2の会員名簿、目次、各投稿作品批評、前号の神戸・東京での例会記、あとがきまで、雑誌のすべてを批評しあうという徹底ぶりは初期の『わたしの作文』の編集方針に似ている。「ひととき」に対して「もっと不満をおっしゃい」と吐いていた酒見には、ここは刺激ある、居心地のよい場所であった。合評会のあとの二次会、三次会にも付き合った。

最初に掲載された詩「ピエローズ」（二五二号・一九七一年十二月号）は、『わたしの作文』一九五七年二月号に掲載された詩に少し手を入れた。以後二〇〇二年まで、主に詩を投稿した。

自身も軽妙酒脱《しゃだつ》な墨画を楽しむ富士と酒見は、馬が合ったのだろう。富士の『ビジネスマンのための文学がわかる本』（日本実業出版社、一九八〇年）という著書のなかで、「文学が判るということについて」の対談相手に指名されている。このころ話題をあつめていた村上龍《むらかみりゅう》のデビュー作『限りなく透明に近いブルー』（一九七六年『群像』新人文学賞、芥川賞受賞）に、二人は否定的だ。

富士　［日本は──編者］いま世界中で一番小説がありがとうない国とちがうか、そんな感じするな。供給するやつはびっくりするようなもん書かな評判にならへんから、なんややややこしい小説書こおもて必死になってややこしいの書くか、それかエロでな、これも又売れるからね。［中略］
酒見　私は、小説読んだのをつけているんです。

富士　へえ、これまたえらい人おるな。……
酒見　絵かくためにひどい猛烈な苦労をして、情熱をいっぱいにしてしんどい思いをして絵をかく。今の人そんなんあんまり好きじゃないもの。……
なんでそんなしんどい思いせんならん、とこうなるから。

八〇年ころ、酒見は小説よりも、油絵に集中しようとしていたことが伝わる。富士没後の八九年に二科会会友になった。対談は『VIKING』五〇二号・一九九二年十月号に再録された。

同人の宇江《うえ》敏勝《としかつ》の『山の木のひとりごと　わたしの民俗誌』（新宿書房、一九八四年）の挿絵を担当した。それがきっかけだったのか、新宿書房のウェブサイトに「老いも楽し」というコラムをまかされ、八〇歳、東日本大震災の年の夏、九年間のエッセイ集『老いも楽し』（同、二〇一一年）が出版された。

作者とわたしは、毎年二科展へ酒見の出品を観に行った。オーレオリン、カドミウムイエローなど黄色を基調とした女性ヌード画やピエロをテーマにしていた。わたしは、「イエローは輝く、美しい色なのに、酒見さんのヌードはどこか悲しい感じがする」というような質問をしたらしい。酒見からの返事。

「『もう少し明るい絵を描いてはどうか』」という問いかけに、「自分の中身がでてしまうので、こればかりはどうしようもない。中身を変えて行かなければ……」

ヌードは、変えていかなければならないと言い聞かせている自画像のようだ。

苦労を重ね、情熱を奮いたたせて、真正面から臨むヌード画。それとは対照的に、酒見のエッセイには深い洞察力とユーモアがあふれている。厳しい生きかたを歩んできた人ならではの真髄がある。この厳しさ、ユーモアが『待つ間』の作者にはない。

三　『待つ間　断章』前編　二〇一六年版

『天の夕顔』と『ピエールとリュース』

五十余年という歳月が過ぎた。

二〇〇〇年春、七十歳。このころの「創作ノート」には、「一年かけて、『待つ間』第一部、第二部を訂正」と記されている。何年に三高に入り、何歳で召集という、西山良平の詳しい年譜を記したりもしている。ひさびさに「ひととき」仲間の平山千鶴、酒見綾子らに自宅に集まってもらい、一九五九年版を書き直し、新たに「第二部」を加えた新編原稿を披露した。そのときの原稿、旧友たちの感想は残していない。

一九五九年版が七章構成だったのに対して、二〇一六年版『待つ間　断章』の同じ部分は十章に増えている。

第一章冒頭の一文、「東一条で電車から降りた」（一九五九年版）は、「東一条で市電から降りたのは私ひとりだった」と書き換えられた。二〇一六年版は、観察的な情景よりも、人物の心理描写のために言葉が費やされている。

良平が登場する文章。

今あの人の顔はバイオリンの盤の上にあり、日仏会館はカルテットのその旋律に満たされており、私はそのすぐ外で愛人を待ち受けている。数分後の出会い、あの人の驚きの凝視には、いたずらっ子の微笑を返すであろう。（一九五九年版）

あの人、西山良平が仲間との発表会を控え、この時間に練習していると思うと、夜更けも忘れて家人には「急用」と偽って飛び出すようにここへきていた。今、バイオリンの弦だけを見つめて旋律の中に浸り、私の片鱗も思い浮かべていないとしても、会いたい。（二〇一六年版）

二〇一六年版では、「あの人、西山良平」と、早くもその名前が示され、彼が発表会を控えて練習していること、「私」が家人に偽って今、ここにきている理由、彼にどうしても今夜会いたい「私」の心理、行動の説明に苦心している。

ここに続けて、「一週間ほど前のことだが、大阪での待ち合わせが不首尾に終わった」と、先の第七章で描かれる、大阪で会う約束が果たせなかったこと、それはいつのことだったかまでを種明かしするのは、読者にとってていねいな説明にみえて、小説としては平凡に堕している。

第二章前半の女専から女子大へ編入するにあたっての叙述は、三倍以上に増えた。戦後学制の再編期に、向学心よりも学生という特権と、荒廃と飢餓感にみちた社会からの逃避。加えて、経済的復興の早かった伝統産業につながる生家での、六人の弟妹の長女の進路に対する両親の考えの違いは、男女平等がにわかに叫ばれたこの時期の、強かったジェンダー不平等を示している。文学、演劇や上級校への進学よりも「半襟の一枚」でも用意して嫁入り仕度を願う母親への反発はストレートに、大人たちのはじめた戦争が若者の可能性を踏みにじったという反抗心、反体制に直結している。世間から見れば自分は中世の隠遁者、「無用者」であると、これは自己批判と自負との両方を含んでいる。

塚田が、「相手のことが書けていない」と批判したことで、第三章では西山良平の家族、人生観が加筆されるが、それは意図通りに成功しているだろうか。「私」は良平の厭世的《えんせいてき》、高踏的な生きかたを、自分にも通じる無用者として共感する。戦時下、下宿におしかけてきた女性との短い同棲、出征、復員後にその女性と結婚したことを「妥協」ととるか「責任」ととるか、「私」はその両方の間で揺れていて、それは「良平」自身の目線ではない。

「良平」の心情描写のために挿入されたのが、『天《てん》の夕顔《ゆうがお》』である。

新感覚派作家・中河与一の『天の夕顔』は一九三八年の作品。戦後の新潮文庫版の保田与重郎《やすだよじゅうろう》の解説によれば、発表時は文壇からは「黙殺」されたが、若者たちの間では風靡《ふうび》し、その状態は二十年以上も続いたという。心で固く結び合った男女が、純真な愛を貫き通すというストーリーはロマンチシズムの崇高とされた。原作は関東大震災ころの設定だが、若い読者たちは、先の戦争に引き裂かれた恋人たちの恋愛、結婚をわがこととして受け止めたのだろう。

このプラトニッククラブを良平は「そんなきれいなもんでもない」と否定する。一人の女性を想い続けることで、人生の悦びも悲哀も慟哭《どうこく》もなにもかもをおのれ一人のなかにとじこめ、その果てに、永遠に手の届かない花火だけが一瞬、天上に輝く。『天の夕顔』の結末は小説『待つ間』の終局を予兆しているかのようにも読めるが、今は、ひと回り以上年長の良平に『天の夕顔』の純愛を否定させることによって、精神的な男女の結びつきなど一面に過ぎない、汚濁《おだく》に満ちたリアルの世界をにおわせ、敗戦時十五歳の軍国少女だった主人公は「時代の激流に翻弄された男の深い痛恨の思いまでは実感できなかった」とする、その正直さに寄り添っておこう。

『天の夕顔』とともに想起されるのは、ロマン・ロラン『ピエールとリュース』（原作は一九二〇年）のことである。〝ガラス越しの接吻〟で有名な、一九五〇年封切の邦画『また逢う日まで』（今井正監督）の原作だと知った当時の学生たちはみな、『ピエールとリュース』をポケットに忍ばせていたという。百ページほどの粗末な文庫（みすず書房、ロマン・ロラン文庫、一九五二年）は、今も作者の書棚にある。

眼には見えぬ障碍《しょうがい》によって崇められた愛と、戦争という暴力によって圧殺される愛。どちらも抗いようなく押し流されるのは同じで、敗戦後の青年たちにとって、どちらの主人公にもなり得る、なり得た、そうならなかったのは偶然に過ぎない、と痛感されたのではないか。

二〇一六年版には、一九五九年版で披瀝《ひれき》できなかった時代の資料類が選択的に点在されている。その選択基準は恣意《しい》的で、大正教養主義を女専、女子大学に持ち込んだ教師陣の思い出を小説執筆時に改めて回想し、作品に書き込まれたことを示している。塚田満江が編んだ『私の文学鑑賞』（峯書房、一九五五年）には、『天の夕顔』が紹介されているし、ダイサカの愛称で知られる阪倉篤太郎《さかくらとくたろう》から国文学史・国語史を学んだ。濃紺のシルクの中国服を好んで着ていたという玉上琢弥《たまがみたくや》の源氏物語論では、物語音読論の解説を聴いた。後に大成される『源氏物語評釈』（角川書店、一九六四—一九六九年）全十二巻はわが家の応接間の特別なガラス戸棚に並んだ。

映画『会議は踊る』のリリアン・ハーヴェイ歌う「ただひとたび」（日本では「ただ一

度だけ」と紹介されることが多い)。ヴェルディの歌劇『リゴレット』の「風のなかの羽根のように」、ジャン・コクトー監督『美女と野獣』など、戦前の上映禁止映画の解禁、史上最高の映画時代を迎えて、脈絡なく上映される戦前作品や怒濤《どとう》のように押し寄せるハリウッド映画をアプレゲールの青年たちは毎日、授業をサボって浴びるように観、喫茶室フランソアや再會《さいかい》に入りびたり、コーヒー一杯で何時間もおしゃべりをしていた。

そもそも、『待つ間』の舞台が日仏会館であるということじたいが、作者の敗戦時の占領軍やアメリカンカルチュアに対する嫌悪、フランス文学、映画への憧れからフランス語を学ぼうと通った経験の産物だと確信している。アルファベットさえおぼつかないのだから、大恥をかく前にレッスンを撤収したはずだ。

敗戦後の織田作之助《おださくのすけ》、田村泰次郎《たむらたいじろう》ら肉体派、無頼派《ぶらいは》作者たちの作品群と、太宰治《だざいおさむ》の心中事件はまさに同時代のできごとだった。

しかし、『天の夕顔』の精神性であれ、肉体派文学の愛欲の姿であれ、近松門左衛門《ちかまつもんざえもん》の心中物の世界であれ、彼らは、作者がいうところの「無用者」の系譜であり、そうあり続けるための狂気をもった人々ということになる。「私」は彼らに共鳴しながら、その狂気に「踏み出す決意はしかねている」。透明だが先の見えない、宙ぶらりんな状態を「仮想空間」と名付けた。「透明な境界」とは自己矛盾的な謂《い》いだが、その内実は、ダイサカに教えられた近松門左衛門の芸論「虚実皮膜論《きょじつひまくろん》」を想起しているようだ。ただ、それを書き忘れている、あんなに日々、口にしていたのに――。

「母」とセクシュアリティ

作者十歳のとき、結婚前の「母」の初恋と出産を知ったことは、作者にとって生涯の烙《らく》印《いん》であった。それを秘匿せよと命ぜられながら、暴露してしまった事件が「良平の肉体への不潔感」の背景として加筆できたのは二〇一六年版の最大の跳躍《ちょうやく》であると思う。娘には古い道徳を強要する「母」が実は背徳者であったという衝撃が、「大人だけにあるらしい性の澱み」「嫌悪感」として刻まれ、妻子ある良平との交際においても「肉体の不潔感」を想起させ、それは「私」の自尊心につながっている。一九五九年版全体に漂う淡い色調や「節度」「潔癖」といった二人の関係が、二〇一六年版のこの場面では別の実感をもって把握される。

この実感は、一九五九年から五十年余りを経て得た作者の文学的筆致の術というよりも、かつて「ひととき」の会で酒見綾子が語っていたように、自分に正直に、おのれの肉体に納得できる歩みを小説化したいという願望を持続してきたあらわれではなかろうか。それを、フェミニズムはセクシュアリティと呼ぶのだろう。

「ひととき」『わたしの作文』はフェミニズムを謳う運動組織体ではない。女性だけの集団ではあったが、反差別、自己解放への当事者性に重点を置く自覚は低かった。少なくとも作者が参加していた六〇年代前半までは。しかし、書くことを通じて自分の言葉を求めて、正直に格闘しようとする姿勢にフェミニズムの可能性はあった。

「ひととき」に所属していた中西豊子《なかにしとよこ》が、一九八二年にウィメンズ・ブックストア松香堂《しょうかどう》書店を立ち上げ、最初に手がけた事業が『からだ・私たち自身』（ボストン女の健康の本集団編著、一九八八年）の刊行であったことは、今となれば、とても意味深い事実だ。日本語版翻訳・編集グループの荻野美穂《おぎのみほ》が「女自身が自分のからだをありのままに受け入れ、こそこそ隠したりせずに率直に表現していくことこそ、からだ、すなわち私たち自身の解放への第一歩だ」と書いていた。本書は、いわゆる女性性器に限らず、性にまつわるすべての営みの語の言い換えに挑戦した。陰唇《いんしん》を性唇《せいしん》に、恥骨《ちこつ》を性骨に書き換えるなど、長年定着した解剖学や医学用語といえども、それにまつわる〝恥〟のイメージを払拭《ふっしょく》しようとした。「一見ナイーヴともみえる言い換え実験を通して、女が自分のからだをありのままに受け入れ、いやらしいもの、恥ずべきものとして隠したりせずに率直に表現していくようになるためには、言語の再考も大切な作業であることを主張しようとしたのである」と、後年も強調している。（荻野『女のからだ　フェミニズム以後』岩波新書、二〇一四年）

わたしは『からだ・私たち自身』の出版記念パーティーに参加したことがある。そのころ勤めていた会社の上司・松井京子《まついきょうこ》は製作グループのメンバーと親しかった。歌あり、パフォーマンスあり、勝手に踊りだす人あり、お祭りのようなパーティーだった。上野千鶴子《うえのちずこ》かだれかに「医学書ではダメなんですか？」ととぼけた質問をしたものだ。中西が「ひととき」メンバーに「買ってください」と送ってきた一冊と私が買ったもの、電話帳のような分厚い二冊がわが家にはある。

作者の七〇年代、八〇年代は、国際婦人年、「（平塚）らいてう展」実行委員会に参加したことを契機に学び、実践した女性運動、女性史を編む道筋は、自己をあらわす何かを歴史的に、社会的に奪われ続けてきたことに気づき、あらためて獲得するための闘いであった。

作者が井上清《いのうえきよし》『日本女性史』（三一書房、一九四九年）をはじめ、村上信彦《むらかみのぶひこ》、帯刀貞代《たてわきさだよ》、三井禮子《みついれいこ》、脇田晴子《わきたはるこ》、伊藤康子《いとうやすこ》らの本をノートに書きとり、吸収しようと苦闘していた日々を覚えている。『日本婦人問題資料集成』（ドメス出版、一九七七－一九八一年、全十巻）、女性史総合研究会編『日本女性史』（東京大学出版会、一九八二年、全五巻）など基礎文献を集め、学習した。毎年三月の国際女性デーにちなみ、女性史問題の特集が組まれる歴史科学協議会編集『歴史評論』を購読し、掲載、引用されている論文を探した。いつも、生硬な社会科学用語、翻訳語に悩まされていた。上野千鶴子の『家父長制と資本制』（岩波書店、一九九〇年）は、ほぼ丸写しではないかというほどにメモを取っていた。しかし、「頭に入らない」と嘆いていた。

印象深く思い出されるのは、七〇年代、千田夏光《せんだかこう》がその入り口を開き、山崎朋子《やまざきともこ》の『サンダカン八番娼館』（筑摩書房、一九七二年）で世に知られることになった「従軍慰安婦」に衝撃を受けたときのことだ。小学生のころ、成績が良く、愛国少女だった作者は、担任教師の話で勤労挺身隊《ていしんたい》のことを知り、応募して「満洲」へ往くことを父に熱望し、反対されたという。もし、あのとき中国大陸へ渡っていたらと想像すると、慰安婦と呼ばれた女性たちが他人には思えないのだと。なぜ女だけが、このような過酷な歴史を背負い、戦後も指弾され、隠し続けなければならないのか。

従軍慰安婦問題の幾重にも引き裂かれた痛切と根深さを感じるあまり、食事中もこの問題を熱く語り続けて、「今、子どもの前でその話をしなければならないのか！」と夫との口論が絶えなかった。作者が『深き夢みし　女たちの抵抗史』でハウスキーパー問題を見逃せないのも同じ問題意識からである。

「心の花」から「叫び」へ

第七章の大阪での逢瀬が失敗に終わったときに味わう、「家庭の人」良平を奪いたいという、疼《うず》くような情念は、「仮想空間」というイメージを生みだす。この空間の果てには、一九四八年、太宰治と愛人が果たした入水自殺があり、近松門左衛門の心中物文楽の世界観が置かれている。その究極へいたる、意地とも捨て身とも呼ぶ、滅びの道行きへ踏み出す決意のない、自縄自縛の心が立ちすくんでいるところが「仮想空間」だ。

十章の結末、

「こんなことしてるの、辛うなった」

……思わず良平が身近に寄り、バイオリンのケースが腰に当たった。……

これでいいのだ、これでいいのだという叫びを、ただ繰り返していた。

思慕と別離の相反する自分を慰めた「心の花」という言葉は消えている。後編最初の十一章で世阿弥からの引用のように書いているが、もはや文学史の世阿弥を離れた、単なるシンボルであって、本質的な意味はなさそうだ。前編と後編、一九五九年版と二〇一六年版を架橋する徴《しるし》と見ておいていいだろう。

わたしは、一九五九年版七章から二〇一六年版十章への大きな違いとして、良平のバイオリンケースが「私」の腰に当たった記述に着目したい。これがきっかけとなって、「心の花」という借り物ではなく、体温のある言葉「叫び」に飛躍した。

美しいのか、ゆがんでいるのか（十一章 p67）、「心を狂わせて咲いた花」は人目につかない「隠花」と名付けられた（十六章 p89）。この負のイメージをもつ花＝セクシュアリティが弾きがねとなって後編の「仮想空間」を拡げていく。「私」と良平、夫「隆司」

との三者のライフ・ヒストリーのように語り紡がれる。

四　『待つ間　断章』後編　二〇一六年版

「隆司／誠司」と良平は二つでひとつ

『待つ間　断章』の後半は、十一章から二十八章の十八の章段をもち、良平と別れたのちの「私」の物語である。一九五九年版にはない部分であるから、複数のテキストを並列的に比較検討することはできない。ただし、最終稿の二〇一六年版にいたるまでの書き込み訂正や、別紙で張り付けられた記述など、部分的ながらいくつかのバリエーションが存在する。書く時期が異なると、その推敲《すいこう》、修正の跡から何を書きたかったのか、作者をとりまく状況を推し量ることができる。

わたしは先に、二〇〇〇年春ころに「ひととき」の友人らに見せた『待つ間　断章』と彼女らの感想を作者は残していない、と書いた。しかし、同じころ、作者と平山千鶴、酒見綾子の三人で連句を楽しんでいたことを思い出し、残っている歌仙を見直してみた。

発句「つのぐみし山を仰ぎぬ花待つ日　とし」で始まる三十六句の、名残《なごり》の表《おもて》の五句目につけた作者の句と、それに続く平山、酒見の句。

高瀬川連れ立ちし日も深き闇　とし
こはく〔琥珀〕の酒のうらうら甘く　ちづ
やがてくるつけの重さよ虫嘎《か》るゝ　あやこ

「高瀬川」とは鴨川の西を流れる高瀬川沿いの木屋町通り界隈《かいわい》のことであり、周辺には盛り場、花街がある。

この三句は『待つ間　断章』を踏まえたものと解釈していいだろう。平山、酒見は、一九五九年版も発表当時に読んでいる。

恋人との逢瀬の思い出は今も深い闇のなか、と作者。平山は「好きなことしてたらええのや」（十八章　p97）と、おおらかな人柄どおりの句を付け、酒見の句は平山とは対照的だ。イソップの寓話《ぐうわ》にたとえて、浮かれ過ぎは後からしかわからない、と。

小説の十章には、

「あんたは、若い男と結婚せんとあかんな」

「重荷になったん」

という良平と「私」の台詞があり、十一章はじめには、良平からの手紙を読んだ「友」がこう言う。

「重荷になったから、逃げたのよ」

このひとことは「私」の胸に刺さったが、自身もそう否定しきれない。だからといって作者はこの恋愛小説を打ち止めにすることもできない。

「恋愛の芸術家たり得ない」。画家や彫刻家のように捏《こね》ねたり削ったり、うわ塗り直すような恋愛は自分には不可能であり、器用なことはできません、という意味だろうか。行くか行かないか、どちらかは貴方の判断だと迫っているのか。この手紙によって「私」は、あらためて妻子ある良平との関係を振り返って、「0号《ゼロ》」や妾のような異形の愛に生きる意思も狂気もなく、世捨て人にもなれず、二人だけの純粋な愛は幻想であることを再確認する。かといって執着心はぬぐい切れず、重苦しい「自縄自縛」の状態に陥った。「あれもこれも心の花」と世阿弥の言葉を想起させようとするが、それは自尊心が吐かせる慰めである。十章とのつながりを持たせるための言葉でもある。

自分のことをピエロだと嗤《わら》いながらも、音楽会の相談にかこつけて良平と再会する「私」と、過去を蒸し返さない良平。以前と同じ「言葉のみを介し」た良平の態度は、「私」への愛の「形」と「量」を限定するものだった。「お望みどおりに」結婚するというセリフは、かつて「若い男と結婚せんとあかんな」といった良平への当てつけだ。「優しい眼をした若い男の生木のような精気」をもつ隆司と結婚する。

妊娠を機に仕事を辞め、家庭に入って、出産。育児と「家族という小さな城塞」の日常を描く十二章、十三章は、二〇一三年以前の草稿にはなく、それ以後に加筆された部分だとわかる。十四章後半部分の、結婚後に気付く「生命を燃焼させる何か」の欠乏感の説明は、良平との再びの逢瀬へつながる布石であるから、草稿当初より欠かせないものであったのだろう。

二〇〇六年ころの草稿では夫には名前が付与されていない。「隆司」という男性の造形は、二〇〇六年から二〇一三年の間に生まれたことになる。作者は当初、良平との物語を描きたい一心で、夫の存在を軽んじていたのだろうか。「創作ノート」には、夫への理解を欠いていた不明を吐露《とろ》していたから、軽んじて名無しであったわけではなさそうだ。今は、その疑問をかかえつつ、先を読み進めよう。

結婚三年。良平との再会で、いきなり「離婚」の相談をする。結婚は生活のためと割り切れ、それよりも生きていく重心をもてという良平のさとしは、人生相談の模範解答のようだ。作者は重心という言葉を、「形而上的《けいじじょうてき》な目標に精神をゆだねて、人間の生を美化」（十五章 p87）するものと受け止めた。別れの際に脳裡《のうり》を走る身体的衝動、三界に家なき女の夫との共寝に帰らねばならない現実との相違を際立たせている。

その一方で、それぞれの結婚生活の現実と形而上的な、相反するような目標を共有しているという共犯関係がいっそう倒錯した、甘美な陶酔の夢世界へいざなう。いっけん緩やかで、だが危うい均衡のうえに拡がる「仮想空間」（十六章 p89）には、「私」と良平、そして夫との共鳴がある。

「いつの間にか私の内には、実は分かちがたく夫と良平が共存していた。心と肉体が分離しているといわれようと、おのずと二つの異形の愛を同宿させている。二つの愛の果実をすっぽりと抱きかかえたまま、どちらも手放したくはない。」（十七章　p92～93）

十九章の冒頭、作者は夫「隆司」を「誠司」と書き間違えている。これは単純なミスではなく、「私」と良平、夫との三者の関係を象徴しているように思われる。

隆司のことを、「生木のような精気」をもつ男性、男の独占欲を発揮しつつも、妻の社会参加を男の「貫禄」として寛容し、妻・娘に対して責任感を重んじる、誠実で家父長的な男性として造形している。この描写が「隆司」を「誠司」に変えさせたのだろう。編者はあえて訂正せずに、注記（十九章　p103）を付しておいた。

俗を拒否し芸術を愛し、結婚生活は妥協とわりきりつつも妻を裏切らず、愛人ともあくまでも肉体関係はもたない良平。戦争体験をもち、治安維持法の犠牲で知人を失くしたという良平。京都弁の言いまわし一つひとつに余韻を含ませて、耳を傾けさせる良平。そういう身体性の薄い良平の描写よりも、セリフの少ない「隆司／誠司」のほうに生なましいリアルを感じてしまうのは、肉親の身びいきなのか何なのか説明しづらい。「初恋を結婚という現実の形にした幸せな男」（十七章　p93）、「ひたむきな純粋さ」（同）と、さまざまな問題を把握、解決する能力や包容力に富んだ、信頼できる男。しかし、「隆司／誠司」の点描の奥には、良平とは違う、複雑なねじれを感じる。仕事、文学、政治、生きかたに悩む妻を健康な性をもって応えることが、苦悩に寄り添う言葉を持たず、無神経、無《む》頓着《とんちゃく》に見えてしまう「隆司／誠司」の生／性がリアルに顕れることになる。妻もまた、その生／性を受け入れている。葉子との関係を一笑した（二十七章　ｐ135）というのも、じつは妻以上になにかを敏感に感じていたからかもしれない。

「私」は後段で「隆司／誠司」の「デリケートな心や誇りを小刀でいくつも切りつける」（二十七章　ｐ134）ことをしてしまった、「健全な家庭を営み、女としてはそれなりの快楽や充足も味わってきた」。幸福でなかったわけではないのに、と自分の不明を吐露《とろ》している。しかし、「愛された、それには応えた。ただそれだけ」とは——。

良平と「隆司／誠司」は二つでひとつと解釈して、わたしはこの小説を受け入れることができた。

「葉子」と「母」

「隆司／誠司」の混乱は、「葉子」の出現によってもたらされたものでもある。（二十章 p 105）

政治と文学、婦人運動に猛進する葉子の自由、奔放なふるまいに「私」は今まで体験したことのない世界を知る。平穏だった家庭に葉子が入り込む場面と、良平との逢瀬の場面が交差するのが二十章、二十一章。

それにしても、良平の前衛党支持の回顧談と、葉子の突然の転居、「私」が婦人活動から退くエピソード、さらに「母」の突然の死と、盛りだくさんの二十一章は、どうみても書き急ぎ過ぎている。書かねばならない何かに焦りつつ、そこを駆け抜けてしまおうとするのは、ある種の逃避心理がそうさせるのではないか。

「私」は、急死した母のことを「矛盾に満ちた愚かな」、「醜い」母という。憎悪と愛着の混ざり合った深い嘆きは、「母の記」を書けない挫折と混ざり合ってさらに重く沈みこませる。

作者は、鐘紡長浜高等学校に在職中、鶴見和子《つるみかずこ》や東亜紡績泊工場のサークル「生活を記録する会」の生活綴方運動を自分の授業に取り入れようとして、生徒に拒否され失敗した経験をもっている。泊工場の運動では、〝母の歴史を書こう〟という呼びかけがあり、鶴見も長浜高校へ記念講演に来たときに、その話をしたであろう。一人ひとりの母の記録は、幾重もの重圧のなかで生き抜いてきた女性の歴史をつづること、それらの集積として日本の女性の歴史がつくられていくことの最初の一歩でもあった。「娘たちにとって［中略］母親はけしてそうなりたくないものの姿です。『私のお母さん』は母親に対する絶大な同情と積極的な否定のからみあった、もっとも美しく力強い文集」だと鶴見は指摘する。（木下順二・鶴見和子編『母の歴史　日本の母の一生』一九五四年、河出書房）作者は今また、二度目の挫折感を味わうことになる。

「母の記」を書くことを断念した「私」は、ここで二つの可能性の道を自ら閉ざしてしまう。

一つは、「母」の「初恋」（六章 p50）について。「母」はあのとき、「私」が「母」には結婚前に子どもがいると口を滑らせたあの十歳のとき、緘口《かんこう》していたにもかかわらず、予告なく暴露されたことに憤怒した。「母」自身は初恋を夫に隠してはいたが否定すべきものとは思わず、自分の胸にしまい、どこかで娘と思い出を共有してもいいと考えていたのかもしれない。結婚前の娘に口やかましく干渉するが、少なくとも、「わたしの初恋！」と叫ぶ「母」自身は、自分の婚前恋愛や出産を「醜い」とは思っていまい。それを背徳と感じ、道徳観念に囚われているのは、「母」ではなく、むしろ口止めを強いられた「私」のほうであるということに気付いていない。さらに、「母」と父、初恋の相手について、思いをいたすことをしなかった。

もうひとつは、「母」と父、相手との関係は、「私」自身と「隆司／誠司」、良平の関係、さらに、葉子と「隆司／誠司」、「私」の関係の相似形をなしていることにも目をそむけてしまったことである。思索を停止させてしまったことである。葉子の登場によって夫との結婚生活を見つめ直す機会も、葉子の引っ越しによって切断された。「嫉妬はない」と言いつつも、わだかまりは残り続けた。

「母」と葉子、この二つの道を閉ざしてしまったことが、のちの良平との関係をあくまでも仮想空間の隠花として秘匿せねばならぬという強迫的な思いと、「私」、良平、「隆司／誠司」のすべてのしがらみから解放されたいという小説の結末につながっている。

「老い」とセクシュアリティ

二十二章と二十三章は、「老い」とセクシュアリティをどこまで書き切ることができるか、二〇一三、一四年ころ、もっとも推敲を重ね、時間をかけた文章のはずである。

たとえば、

「もはや男と女の愛はきれいごとばかりではない、生身の愛憎渦巻くような淵がある。どうしようもなく支配する性の快楽の濃密さとそれをくつがえす寂寥《せきりょう》。それは夫でも良平でも同じなのであろう。

そうだからこそ、変わらぬ二人の静穏が好ましい」（二〇一三年ころの草稿）

「もはや私も、男と女の愛はきれいごとばかりではないのを少しはわかる年齢になった。良平に離婚を止められてから、結婚生活を二十年も続けてきた。夫とは小さな意見相違が性格の不一致を際立たせ、『離婚しよう』と対峙する場面は何度もあったが、子どもという生命への責任が最後の決断をにぶらせた。生きるための妥協だけではなく子への責任が加わり、そこに思いいたると忍耐が顔を出す。そしていつの間にか何事もなかったかのような同衾《どうきん》を繰り返している。ときにはやり場のない感情を溜め合って、命を奪い尽くすように限りなく濃密に、それが愛なのか憎悪なのかも分からない官能に嵌《はま》って言葉を失う。良平もこの世界を知っていて、私にも味わわせようと思ったのだろうか。しかし人間の性の闇を貫く快楽の深みには、いつか滅びに向かわせる予感さえ抱かせる。そうだからこそ、良平との変わらぬ静穏が好ましい。」（二〇一六年版、二十二章 p120～121）

なにが、このような飛躍を導いたのだろう。

二〇一四年ころ、白内障手術のあとの安静が必要だというのに、一晩で文庫本を読み切ってしまうほど読書をしていた。「どうせ寝られないから」と、そのころ手にしていたのが髙村薫《たかむらかおる》『晴子情歌』（新潮文庫版上・下、二〇一三年）。明け方に、「読んだ」、ふうぅと息を継いでいた。

大作者の山脈を仰ぎ見て、足元に転がる小さな石ころを蹴飛ばし、少し先へ、今まで行ったことのない先へ跳躍ができた、それで恋愛小説に一歩近づけたと錯覚しても、許されるのではないかと思う。

先にわたしは、突然の「母」の死と葉子のことを書かなかったことで、二つの可能性の道を自ら閉ざしてしまったと指摘した。その代償に、良平との「秘匿してきた愛のありったけを投げ出し、溶け合う」「透明な空白の一日」、「想像するだけでもそらおそろしい。だが、身を震わせたいほどに魅惑的な夢想」のための章、二十三章が産み落とされた。「この愛をどこまでも秘匿《ひとく》し、そのまま消し去りたいという強い願望」、良平へあてた手紙を燃やす行為は、かつて「母」が暴露されて憤った「秘匿」の陰画そのものではないか。

「これでいい」という終わりかた

良平との逢瀬を彩る小道具たちや訪れる名所のかずかずは、わたしに仮想空間とリアルの境を混乱させる。

良平が着けていた濃紺とグレイの細かい格子のネクタイ（十五章　p79）はわたしの父が好んで結んでいたものだ。あの黒っぽいブレザーの背広は、ボーナスをはたいて英国屋で誂えた。薄藍地に墨色のバラを染めた帯は、たしか平敷さんという染色家の手によるもので、塩沢紬とともに今も作者の桐箪笥《たんす》に眠っている（十六章）。

鰯雲が湖面に映えていた琵琶湖へのドライブや名神高速を制限速度を越えて飛ばしたエピソード（十六章）は、作者の女子大時代の友人が連れ出してくれた小旅行の思い出話にそっくりだ。若王子の疏水《そすい》沿いにあった洋館の喫茶店（十八章 p98）とは、俳優の栗塚《くりづか》旭《あさひ》の経営。今は取り壊されて跡形もない。

お気に入りの「こげ茶色の小紋」（二十二章 p118）を着付けたのはわたしだ。中年肥りのせいで一人では着付けができず、床に散らばったコーリンベルトや帯揚げを「それ、取って」「もっときつう縛って」と上から目線で命令していた。だから、この小紋を着て外出したのが、いつで、誰と出かけたか、帰宅して脱ぎながら語ったその日の出来事を覚えている。


小説は、良平の手紙のなかに忍び寄る老いを感じ取り、愛を終わらせる決心をするところで終章となる。「進みも退きもしない均衡」、「一歩間違えば後ろめたさばかりが残る通俗的な不倫」、「狂気の情念は共有してこなかった」、これらの関係が破綻する前に、すべてを終わらせる――。

常照皇寺《じょうしょうこうじ》の老桜の場面（二十六章 p130）、愛の終わりと死の予感。作者は岐阜県根尾《ねお》谷《だに》の薄墨《うすずみ》桜をイメージしているようだ。ここも県立高校で国語教師をしていた、女専時代からの古い友人の案内で訪れた。谷汲山華厳寺《たにぐみさんけごんじ》からやや離れて山あいに「孤立するように静かに立っている」老樹は、立っているというよりも今にも崩れそうな居ずまいで、か細い腕を支柱の介添えにまかせている。枝先の白い小さな花もまばらで、それを遠目に薄墨とたとえるのはまことに妙で、太古、大君に仕えた女官が遥かなときを越えて老いさらばえ、多くの係累も友も見送り、今は痩せた身体に鈍色《にびいろ》の衣をまとい、かつての栄華を偲び、ひとり孤独な余生を送っている老女を想わせた。わたしたちが訪れた一九七八年ころは、周辺には素朴な田園が広がるばかりで、同行した友人らとともに、「凜とさびた美しさ」、生きている死の姿に言葉もなく立ちつくしたものだ。

先日、老人ホームに訪ねて、この場面のことを聞いてみた。

「かあさん、あの常照皇寺の老い桜の場面は、根尾の薄墨桜をイメージしているでしょ?」

「どっちでもよい」

「私」は、仮想空間でつながる良平と、リアルな結婚生活のふたつの世界に、同時に終止符を打つ。ここでも仮想とリアルは表裏一体、虚実皮膜のように――。

「もうよい、これでよい」という言葉は、十章の結末、「これでいいのだ」と同じ言葉が繰り返されている。十章の「これでいい」は、自分で自分を納得させる決意の背を押すもの。二十八章の「これでよい」は、現実も自己もすべてを受け入れるという諦念《ていねん》の表れだろうか。

そして、一九五九年版七章の終わりかたと、またしても同じだ。自分で自分を納得させ、遮断し、ご破算にする。思考停止か全面肯定か。おそらくそのどちらもなのだろう。

「まるっぽの人生を生きたい」

『深き夢みし　女たちの抵抗史』のオビに使われた言葉である。治安維持法にたたかい、とらわれ、いっときは同じ獄につながれ、戦後も活動を続けた三人の女性、大道俊《おおみちとし》、長谷川章子《はせがわあきこ》、城《じょう》ゆきのそれぞれの生きかた。

出版前、わたしはオビの「まるっぽの人生」とは何か、読者にはわかりにくいのではないか、もし使うならば、どこかに説明を示す必要がある、と反対したが、「これ以外の言葉を思いつかない」と言い張った。「人間の理想とする平和も自由も、平等も、性差別からの解放も、どれもが涙と血に塗られたものであるのは悲しいが、しかしそこには必ず抵抗の歴史がある。女もまた、主体性をもった一人の人間として確かな人生を歩みたいと願った……」

歴史学者の岩井《いわい》忠熊《ただくま》が、簡潔な感想を述べている。

あの苛烈な時代に権力とあらがうためには、固い信念と強じんな意志とたゆまぬ学習が欠かせなかった。女性活動家にはまた家族制度とそれと不可分の関係にあった天皇制国家による性差別の抑圧がのしかかっていた。……貧困と戦争に向う情勢を無視するにたえず、また女性解放の実現にむけて、あえて苦難の非合法運動に身を投じている。

この書著には、彼女らの成育環境や闘争経歴が戦後までたどられている。そこに当事者の肉声が伝わってくることに特長がある。……三人への後年の聞き書きをおもな材料としている。当然に当事者たちの記憶の誤りや聞き違い、また筆者〔井上とし〕の主観もまじることはさけがたい。それでもあの時代をたたかった女性活動家の肉声を伝えたことで、この書物は研究の基本文献として十分な地位をしめる。（『京都民報』二〇〇六年六月十一日付）

岩井は、治安維持法下、女性が非合法の政治活動に参加することが、家族制度、天皇制国家による性差別との二重、三重の闘いであったことをこの短文に込めて、「肉声」を聞き取ったことがそれを証明していると書く。文献史料ではない「肉声」。

『深き夢みし』は刊行時、当然のごとく歴史書とは読まれず、聞き書きとしても著者の解釈、主観が濃厚で、評伝とも生活史とも呼べない代物扱いだった。その後、たとえば政治家の回顧録から、石牟礼道子《いしむれみちこ》の『苦海浄土《くかいじょうど》　わが水俣病』（講談社、一九六九年）、スヴェトラーナ・アレクシエーヴィチの『戦争は女の顔をしていない』（岩波現代文庫、二〇一六年）まで、オーラル・ヒストリーと呼ばれるジャンルは、おおくの課題をかかえつつも、その世界を広げつつある。折井美耶子《おりいみやこ》、宮崎黎子《みやざきれいこ》、生方孝子《うぶかたたかこ》編著『オーラル・ヒストリー　聞き書きの世界』（ドメス出版、二〇二三年）には、文字として、記録として残されなかった話者の〝記憶〟を他者である聞き手が受け止め、記録したオーラル・ヒストリーの名著五十数冊が紹介されている。それらに共通して感じるのは、消え入りそうな、埋もれた記憶がなければ、この世界は欠けたままであり、その不完全さにあなたは目をそらすことができますか、という問いかけだ。

「まるっぽ」とは、なにもかもすべてを生きるということではなく、不完全さから目をそらさず、耐え続けて生きることかもしれない。作者は今も、この小説『待つ間』は完成していない、という。「私」の「まるっぽの人生」を書こうとして道半ばであると自覚してのことだろう。

輪廻《りんね》する小説

『深き夢みし』を執筆していたとき、「城さんについては、書く材料がほとんどない」と嘆いていた。裏づける文献史料が探せないと。非合法運動のなかでの結婚、離婚。戦後の輝かしい活動の一方で、抱えていたうつ病のことなどにページを割く結果となってしまった。晩年の入院生活中の幼な友だちとの再燃、男性の伝統的な保守性に翻弄《ほんろう》される城に、自分自身を重ねていたようだ。「小説に書いたほうがよいのかもしれない」という城の「ゆらぎ」を、「虚構でなら書き得た実体験や情念があったと思えてならない」と締めくくった。
このゆらぎが、小説『待つ間　断章』につながっている。書けなかった「母の記」と「葉子」のことの代わりに、『深き夢みし』と『鐘紡長浜高等学校の青春』がある。この二著と小説は三つでワンセットと捉えることはできないか。

作者はこの後、「隆司／誠司」の死を見届け、女性史という重心を支えに、『深き夢みし』と『鐘紡』を著す。そして、再び『待つ間』に向き合い、良平／「隆司／誠司」の愛の仮装空間に漂う。読者はその回帰を知って、小説のなかの「私」のゆらぎに付き合ってくださるだろうか。小説からリアルへ、リアルから再び小説へ、これも虚実皮膜と呼べようか。小説は輪廻する？　輪廻は祈りだ。

わたしは、小説のなかの「私」に声をかけよう。

良平と別れたあと、あなたは寡婦となって、長い、長い鬱《うつ》のトンネルを彷徨《さまよ》い、そこから立ち上がり、京都の地域女性史を編集し、二冊の本を完成させる。その部分は小説には書ききれていないけれど、二冊はここにあります。そして再び、『待つ間』を紡ぎ始める。また、あそこへ、日仏会館の前へ戻っていくのですよ、と。

あとがき

二〇二二年三月四日、井上としは介護付き老人施設に入居した。
五年前に脳低灌流《のうていかんりゅう》からくるビンスワンガー症を発症し、歩行、発話が難しくなり、生活上のことでわたしとの争いが増えていた。加えて、二〇二一年夏に緊急入院した母の妹（わたしの叔母）がその年の暮れ、介護認定度五という状態で退院し、一人暮らしが始まり、そのことでわたしの胃痛と疲労が極限状態に達していた。母と叔母の介護のことを考えると、わたし自身の仕事に集中することは絶望的のように感じた。一時的レスパイト（休息）という約束で介護施設に入ってもらう相談をしたとき、母自身もそれを了解し、二人でいくつかを見学した。さいわい自宅近くの老人ホームに入居することができた。新型コロナウイルス感染症第六波のさなかのことだった。

メールやインターネットをするために、居室にパソコンを持ち込み、ホーム既設のワイファイを使わせてほしいと頼んだ。そのようなケースは母が初めて、とのことで、これは許されなかった。そこでスマートフォンを使ってテザリングでネットにつなごうと、急きょスマホの使い方を猛特訓した。もともと機械オンチなうえに、英語は〝敵性語〟という戦前の教育を受けた世代である。ワープロ時代にようやくローマ字入力を習得し、パソコンを使うようになってからは、ワードで原稿を書くことができたが、デスクトップ、メモリー、シフトなど、パソコン用語が覚えられない。ファイルの作りかたや保存のしかた、設定などはわたしが補助していたので、入居後、母がパソコンで原稿を書くことはできなくなった。COVID－19のいわば臨戦態勢下での面会、入室制限のため、わたしが個室に入ってパソコン操作を手伝うこともできなくなった。生活相談員さんはじめホームのスタッフの方々、わたしの友人たちにも迷惑をかけた。結局、居室へ持ち込んだパソコンはホコリをかぶったままである。

「パソコンに入っている小説を印字してきて欲しい」と頼まれたのは、入居してしばらくしてからのことだった。プロパティ情報に残っているファイルの作成・更新日時を調べ、内容がつながるように並べ直し、書式を統一し、章立てを整理し、プリントして届けた。これが二〇一六年版『待つ間　断章』である。

同じころ、母の『鐘紡長浜高等学校の青春』（ドメス出版、二〇一二年）に関して、ある研究者から質問を受け、『鐘紡』関係の資料や原稿を整理する機会があった。そのとき、小説を投稿した『わたしの作文』の現物バックナンバーや二〇〇〇年ころの「創作ノート」を再確認した。

京都婦人のあゆみ研究会の二冊目の女性運動小史『京都の女性のあゆみ　第二編　資料と年表でつづる国際婦人年から二十年　一九七五―一九九五』（京都婦人のあゆみ研究会編　せせらぎ出版、一九九八年）が完成した直後、母の父、わたしの祖父岩崎勇三郎が死去した。母のよき理解者であり、京都女専から京都女子大学への進学を応援したのも勇三郎であったことは、『待つ間』二〇一六年版からうかがえる。孫の目から見て、文学や演劇を愛する心を共有し合い、なにごとにも敏《さと》い長女を精神的な支えとしていたのは勇三郎のほうであったと思う。

勇三郎の死後、更年期はとうに過ぎているのに、春になるとうつ病を発症し、なにも手につかず、オイオイと悲しく泣いてばかりいて、市民絵画教室に通い、花の水彩画を描いて過ごす日々が続いていた。

何かしなければ、書かなければという焦りもあったのだろう。二〇〇〇年ころ、『わたしの作文』仲間の平山千鶴さん、酒見《さかみ》綾子さんらに家に集まってもらい、旧作の『待つ間』と、新たに書き直したものを読んでもらったようだ。創作ノートには「一年かけて、第一部、第二部を訂正」とある。昔の恋心を強いて思いおこして書こうとするが、「作家修行の空白はいかんともしがたいが、楽しい」、と書いている。二〇〇六年、二〇一三年の草稿、そして最終稿二〇一六年版が残ることになった。

このころ、京都の女性運動史を学ぶ過程で聞き取りをすすめてきた戦前からの活動家たち、大道俊、長谷川章子、城ゆきが相次いで亡くなった。収集した資料や聞き取り内容を私蔵しておくのではなく、活字にしてまとめておこうと重い腰を上げた。ドメス出版の鹿《か》島光代《しまみつよ》さん、矢野操《やのみさお》さんに面会を申し込み、二年間かけて『深き夢みし　女たちの抵抗史』（ドメス出版、二〇〇六年）を完成させた。その間、「待つ間」の改編作業はお蔵入り。

『深き夢みし』を出版したことで、日本近代史研究者の上野輝将《うえのてるまさ》先生と知り合い、近江絹糸の研究をしていた先生から、「ぜひ鐘紡長浜高校での教師経験を本に」と勧められた。『女工哀史』以来の文献は長浜高校勤務時代から収集しており、また学校の資料はすべて筆写して保存してあった。紡績史を勉強し直し、鐘高卒業生にも協力をお願いして、『鐘紡長浜高等学校の青春』（ドメス出版、二〇一二年）をまとめた。

その後、白内障手術や膝関節症に苦しみつつ、毎日パソコンに向かって「待つ間」の推《すい》敲《こう》、加筆作業をかさねた。パソコンに残るファイルの更新日時は、二〇一六年年頭が最後となっている。

そして二〇一七年暮れ、脳梗塞《のうこうそく》を起こし、緊急入院した。さいわい悪化はせず、運動障害も残らなかったが、慢性脳低灌流からくるビンスワンガー症による脳の白質障害を特徴とする血管性認知症と診断。医師によれば、この症状は近年に発症したのではなく、四十代か、もっと昔から徐々に進行していたものらしい。人との会話を理解し、読書も計算もできるが、言葉は出てこない。会話は減り、歩行も不安になった。日課だったパソコンに向かうこともめっきり減った。

脳梗塞を発症する直前、母は言動が過激化していた。周りに当たり散らし、言い募ってくると自分では制御できず、もともとボキャブラリーの豊富なだけに刺さるような暴言を吐いた。居酒屋で相席した見知らぬ人と穏やかにしゃべっていたかと思うと、急に言い争いをはじめた。タクシーの運転手とささいなことで喧嘩になり、「途中で降ろされて歩いて帰ってきた」ということがしばしばあった。これは脳梗塞の前兆だった。わたしは母の爆発がいつ起こるのか気が気でなく、はらはらして何処《どこ》へでも付いていくようになった。

「生きることは生体として変化する自己との斗《たたか》いである」

このころ、走り書きした言葉。


退院後の母は驚くほど穏やかな、落ち着いた性格に激変した。言葉数は少ないが、会話の反応はしだいによくなり、こちらがゆっくり待てば的確な答えが返ってきた。以前のような喧嘩腰《けんかごし》のもの言いではなく、家政上の相談をすると、「しかたがないなぁ」「あんたの好きにしたらいい」と以前には想像もできないほどものわかりの良い老人になっていった。


歩行が困難になり、ぺたんと床に座ると立ち上がれなくなり、立っていても向きを変えるときに倒れ込んだ。バス停へ急いでいたとき、わたしが一瞬手を離すとその場で倒れて、道端の石に額を打ち付け四針縫うことになった。初期の胃がんが見つかり内視鏡で手術。ヘルペス、排尿困難、嚥下《えんげ》機能の低下と老化が進んだ。

口論のない、静かな生活がもどり、喜ばしきことのように思われたが、わたしにはそれがかえって耐えられなくなった。かつてのような鋭く、人の急所をえぐるような真実を突き付けてくる言葉と態度が消えると、それは老化というよりも、人間性が壊れていくように感じられた。

入院中の一カ月の間に加藤周一《かとうしゅういち》の『日本文学史序説』上・下巻を読み切ったのには驚いた。制限された環境のなかで、強い生命力を保ち続けている母の傍らで、わたしの気力、体力が限界となった。わたし自身が回復するまで、母は介護施設に入居することを了承した。入居時、ホームのアンケートに「穏やかに暮らしたい」と書いていた。「斗い」からは解放されたようだ。

本書で言及している書籍の確認作業と同時に、フェミニズム、介護、ケア、認知症などの文献に助けられた。思い悩んでいるのは自分ひとりではなく、さまざまな事例を知ることが、どれほど心の支えになったか言い表せない。

上野千鶴子《うえのちづこ》　二〇〇六「戦後女性運動の地政学——「平和」と「女性」のあいだ」『歴史の描き方2　戦後という地政学』東京大学出版会

西川祐子《にしかわゆうこ》、上野千鶴子、荻野美穂《おぎのみほ》　二〇一一『フェミニズムの時代を生きて』岩波現代文庫
荻野美穂　二〇一四『女のからだ　フェミニズム以後』岩波新書
細馬宏通《ほそまひろみち》　二〇一六『介護するからだ』医学書院
竹村和子《たけむらかずこ》　二〇二一『愛について――アイデンティティと欲望の政治学』岩波現代文庫
ジョアン・C・トロント著　岡野八代訳・著　二〇二〇『ケアするのは誰《だれ》か？――新《あたら》しい民主主義《みんしゅしゅぎ》のかたちへ』白澤社
小島美里《こじまみさと》　二〇二二『あなたはどこで死にたいですか？――認知症でも自分らしく生きられる社会へ』岩波書店
上野千鶴子、小島美里　二〇二三『おひとりさまの逆襲　「物わかりのよい老人」になんかならない』ビジネス社
湯山玲子《ゆやまれいこ》　二〇二三「『年老いた親は娘に面倒を見てほしい』の呪い」（デジタル版）日経クロスウーマン（二〇二三年四月二七日参照）
岡野八代《おかのやよ》「ケア／ジェンダー／民主主義」『世界』第九五二号　二〇二二年一月、岩波書店

岡野八代　二〇二四『ケアの倫理――フェミニズムの政治思想』岩波新書

先に挙げた本や記事は、小説『待つ間』と作者を理解するためというよりは、わたし自身をケアリングしてくれていたのだと、今気付きます。COVID-19が猛威をふるっていたとき、『世界』の記事で岡野さんの母上が介護施設で亡くなられたことを知り、胸がつぶれるような痛みが続きました。もしやのときは自宅で過ごさせてあげたいができるだろうか、と原稿整理の作業も手につかない日々でした。

思えばこの二年間は、コロナ・パンデミックであぶり出されたケアの貧困と、障がい者、高齢者、女性、子ども、外国籍者ら社会的弱者といわれる人々の犠牲が目立ちました。ウクライナ、パレスチナでの戦争、地震、気候変動など、ニュースを見るたびにまともな精神でいることが難しい日々は今も続いています。

母の実際はといえば、かかりつけの病院、ホームの施設長、看護師、社会福祉士、介護福祉士、ケアマネージャー、理学療法士、生活相談員、管理栄養士、食堂スタッフのみなさま、そして居室まで出向いてくださる歯科医の先生らのプロフェッショナルなケアのおかげで今まで無事に過ごすことができました。介護度五だった叔母も介護度一に、快方に向かっています。
編集者の矢野操さん、デザイナーの市川美野里《いちかわみのり》さんには『深き夢みし』『鐘紡長浜高等学校の青春』に続き、母の三冊目の本を担当していただきました。九三歳が発表するにはやや面はゆい、このような小説を出版してくださるドメス出版・佐久間俊一《さくましゅんいち》さんには感謝の言葉しかありません。

表紙画の原画は故 酒見綾子さんが一九九一年、第七六回二科展に出品された『オンナの風景』、百号（高さ一六二㎝）の力作です。わたしの手元にはハガキに印刷されたものしか残っていません。本書にもっともふさわしいと思い使わせていただきました。お許しくださった酒見さんのご家族に御礼申し上げます。酒見さんは一九五九年版、二〇〇〇年草稿の両方を読んでくださっています。墓前にお届けします。

そして、小山由記《おやまゆき》さん、井崎宏子《いざきひろこ》さん、藤井祐介《ふじいゆうすけ》さん、佐藤《さとう》 洋《よう》さん、鷲塚清十郎《わしづかせいじゅうろう》さん、風間逸代《かざまいつよ》さん、母の草稿を読んでくださったすべてのみなさまに謝辞を贈ります。

「ありがとう！」

あれから二年が経とうとする今、母は穏やかな、澄んだ目で、

「あの小説、完成してないな?」と尋ねます。

小説家はそういうふうに思うんでしょうね、どこで筆を擱《お》くか悩んで。あとはわたしに任せてくれませんか。

二〇二四年三月

井上　史

井上　とし（いのうえ・とし）
1930年京都市生まれ
京都女子大学文学部国文学専攻卒業
著作『深き夢みし 女たちの抵抗史』（ドメス出版 2006）
　　『鐘紡長浜高等学校の青春』（ドメス出版 2012）
共著『京都の婦人のあゆみ 京都戦後婦人運動小史』（京都婦人のあゆみ研究会編 1976）
　　『戦後京都のあゆみ』岩井忠熊・藤谷俊雄監修・京都民報社編（かもがわ出版 1988）
　　『京都の女性のあゆみ 第2編 資料と年表でつづる国際婦人年から二十年』（京都婦人のあゆみ研究会編 1998）

酒見　綾子（さかみ・あやこ）
1930年東京都生まれ
大阪府立女子専門学校（現・大阪公立大学）経済科卒業
画家　二科会会友　西宮美術協会会員
著作 『老いも楽し』（新宿書房 2011）
2017年没

井上　史（いのうえ・ふみ）
1957年京都市生まれ
同志社大学文学部文学研究科修了
共編著『与謝野晶子を学ぶ人のために』（世界思想社 1995）、『大学の協同を紡ぐ 京都の大学生協』（コープ出版 2012）、『キネマ／新聞／カフェー 大部屋俳優・斎藤雷太郎と『土曜日』の時代』（ヘウレーカ 2019）など

待つ間

2024年 6月24日 第1刷発行
定価：本体2300円＋税

著 者 井上 とし
発行者 佐久間光恵
発行所 株式会社 ドメス出版
東京都文京区白山3-2-4 〒112-0001
振替 00180-2-48766
電話 03-3811-5615
FAX 03-3811-5635
http://www.domesu.co.jp

印刷・製本 株式会社 太平印刷社

ISBN 978-4-8107-0868-4 C0093

井上　とし　深き夢みし——女たちの抵抗史　三二〇〇円
井上　とし　鐘紡長浜高等学校の青春　二七〇〇円

折井美耶子・宮崎黎子
生方孝子　編著　オーラル・ヒストリー——聞き書きの世界　二〇〇〇円
中西　豊子　女の本屋の物語——ウィメンズブックストアものがたり　一六〇〇円
ウィメンズブックストアゆう発行
折井美耶子・山辺恵巳子
地域女性史文献目録編集委員会　増補改訂版　地域女性史文献目録　一三〇〇円
塩沢美代子　語りつぎたいこと——年少女子労働の現場から　二二〇〇円
塩沢美代子　続　語りつぎたいこと——日本・アジアの片隅から　二五〇〇円

表示価格はすべて本体価格です